KB108223

Walkslow's Reply

당신만 바라보며
천천히 걷는다

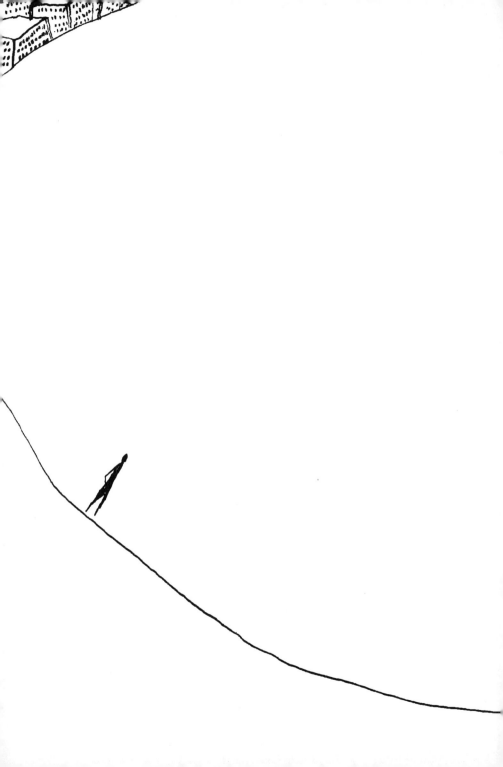

Walkslow's Reply

당신만 바라보며 천천히 걷는다

윤선민

북스코프

walkslow.com

웍 슬 로 닷 컴

2000년 5월 3일 문을 열었습니다.
15년간 온라인에 일기를 공개하고 있습니다.
한 가지 일을 10년 하면 '꾼' 소리를 듣는데,
어쩌면 저는 '일기꾼' 일지도 모르겠습니다.

그러나

일기꾼은 지난날이 늘 부끄럽습니다.
반성을 해대면서도 딱히 큰 개선이 있는 것도 아닙니다.

하지만

제 글이 또 제 반성들이
누군가에게 도움이 된다면
그건 제 부끄러움에 대한 넉넉한 위로가 될 것입니다.

편집자 주(註)
1 이 책은 웍슬로 윤선민이 운영하는 개인 홈페이지 walkslow.com에 올린 일기와
  수많은 방문자들의 방명록, 웍슬로 윤선민의 답변을 바탕으로 만들어졌습니다.
2 이 책은 시간 순서가 아니라 일기 내용 속의 한 단어를 키워드로 삼아 끝말잇기처럼
  다음 일기로 이어지도록 편집했습니다.

Q 글과 사진 그리고 생각이 가득한 윅슬로닷컴, 그런데 윅슬로가 뭐예요?

A 윅슬로는 'walkslow'를 한글 표기로 바꾼 겁니다. 사실 윅슬로닷컴은… 아무것도 안 하는 곳입니다. 굳이 말하자면 윤선민이란 사람의 비교적 건실한 부분이 녹아들어간 또 하나의 인격이라고 할까요?

Q 그럼, 윅슬로 윤선민은 뭐 하는 사람인가요?

A 본업은 반성, 부업으로 브랜딩과 마케팅을 만들고 돌보는 일을 합니다. 거창해 보이지 만 어디에서나 볼 수 있는 평범한 사람 가운데 하나예요.

Q 그런데 walkslow는 문법에 맞지 않잖아요?

A 오! 영어 좀 하시는군요. 그렇습니다. 'walk slowly'라고 해야 문법에 맞지요. 그렇지 만 walkslow가 보기도 좋고, 느낌도 좋잖아요?

Q 윅슬로닷컴을 열었던 2000년과 15년이 지난 2014년, 윅슬로의 삶에 차이 가 있다면요?

A 원래도 그렇지만 더욱더 제 자신을 믿지 않게 되었습니다.

Q 아무도 철드는 방법을 안 알려줘 그 과정을 공유하기 위해 윅슬로닷컴을 시 작했다고 하셨는데 작업을 계속할 수 있었던 가장 큰 이유는 무엇일까요?

A 제가 어떤 방향으로 가는지를 알 수 있으려면, 흔적이 남아 있어야 하니까요.

Q 많은 사람들이 윅슬로닷컴에 방명록 형식의 질문을 합니다. 수많은 질문에 신선한, 또 기발한 답을 한다는 것이 부담되지는 않나요?

A 매번 내가 내 자신에게 질문하기는 괴로우니까, 차라리 누가 물어봐주는 게 고맙 습니다.

Q 마지막으로 개정판을 낸 소감은요?

A 고맙습니다. 아직 내 글이 쓸모 있다고 해줘서….

프롤로그

즐겁게 고고씽

지구는 둥그니까
빨리 달려봐야
골대도 종점도 없다

천천히 걷는 건 의미가 많다

하나,

지금을 살고
나를 위해 살 것

그래야

내일을 살고
남을 위해서도 살 수 있다

우승 확률이 0.25%네, 7.5%네
처음부터 난 그런 거 안 믿었어

인생에 걸린 확률은 항상 50%라구
우리가 우승할 확률도 50%
지금 이 경기에서 이길 확률도 50%
내가 대통령이 될 확률도 50%

100%는 언제 나오는지 알아?

내가 **즐거워할** 확률
내가 **감사할** 확률
당신 앞에서 **미소 지을** 확률

언제나 얄짤 없이 100%를 지키는 확률이 있기에,
인생은 살 만한 거라구

그렇지 않아?

근데… 윅슬로님, 너무 멋지세요(**진심임**). '윅슬로 같은 남자친구 생기면 정말 행복
하겠다' 생각이 절로 나네요.

'멋진 건 알아가지고', 속으로 5초 정도 생각했지만 역시 그런 마음을 드러내긴 어
렵군요, 라면서 벌써 다 해버리고 말았네요. 이건 100%입니다, 그렇지만 저보다 젊
고 현명하고 튼튼한 많은 남자들에게 기회를 주시길.

100원이 50원으로 줄면
50%가 줄어드는 것이지만

50원이 다시 100원으로 회복되려면
100%가 늘어나야 한다

잃지 않는 일상의 소중함을
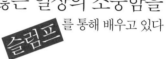를 통해 배우고 있다

해야 할 일이 쌓였는데도 머릿속엔 딴생각만 자꾸 나서 미쳐버리겠어요.
어떡해야 할까요?

미래를 준비할 때는 현재를 기준에 놓지 마세요. 현재를 기준에 놓고
미래를 제한하지 마세요. 미래를 준비할 때는 미래에 바라는 모습을 기준
으로 세우고 그 모습에 맞게 현재를 준비하면 되는 거예요.

모든 것이 끝날 때까지는
모든 것을 걸고 부딪쳐야 한다

이종범 선수의 슬럼프 탈출 소감은,
한 달째 내 귀에 맴돌고 있다

완전히 이해한 **생각** 들은,
내 언어로 바꿔놔야 속이 시원하다
일종의 직업병

all in 'til it's all over

오늘 본 시험에서 떨어졌어요. 사실 1교시만 마치고 뛰쳐나왔지만. 사방이 벽으로 둘러싸인 느낌이에요. 하고 싶은 것, 재능, 용기, 셋 중 저에겐 하나도 없는 것 같아 쩔쩔매고 있답니다. 변하고 싶어요, 너무 너무.

떨어지는 건 흔날 일이 아닌데 중간에 나온 건 좀 흔날 일인 것 같네요. 실패와 포기는 차원이 다른 경험이거든요.

나는 내 생각을 움직이도록 만드는 글에 감동 한다
궁극의 카피
최근에는 그런 카피를 두 개나 만났다

때는 전문가에게 맡기시고,
당신은 온천욕에 투자하십시오
－모 온천 때밀이 안내판

지하에서 하는 운동은 건강을 해칠 수도 있습니다
－(건물 3층에 위치한) 모 피트니스 전단지

나는 다른 후보지 세 곳을 단숨에 포기하고
그 피트니스에서 운동을 시작했고
그리고 백만 년 만에 때라는 것을 밀어봤다

아직 텍스트의 시대는 끝나지 않았다
안 그래?

황사 바람이 불어도 봄볕은 좋더군요. 힘들 때 '힘들다' 고 말할 수 있는 것도 큰
은혜인 것 같습니다.

30분 동안 울어야 할 울음을 20분 만에 그치지 마라
어느 책의 뒷면 헤드카피입니다만, 그냥 '힘내라' 는 말보다는 좀 나을 것 같아
적어보았습니다.

요즘 톨스토이의 탁월한 재능에 새삼 놀라고 있다
그의 재능은, 글이 너무나 정치적이고 지나치게 교훈적이며
노골적으로 종교적임에도 불구하고,
국경과 세대를 초월한 인정과 사랑을 받는다는 데 있다
진정한 고수인 것이다

오늘 기차에서 『사람은 무엇으로 사는가』를 읽는데,
갑자기 눈물이 흘렀다
옛날에 놓쳤던 부분이 보이기 시작하면서, 감동해버린 것이다

어릴 때는 모든 것이 희미하다가 조금씩 커가며,
하나둘씩 제대로 보이기 시작한다
선인들은 아무데나 지혜를, 진실을 숨겨 놓지 않았다
고생해야 겨우 찾을 만한 곳에 숨겨 놓은 것이다

찾아갈 넘만 찾아가라 이거지 뭐…
그래서 고맙다

쉬우면 재미없잖아?

건강검진을 통해 발견된 커다란 혹 때문에 한쪽 신장을 잘라내는 큰 수술을 한 신랑과 아직
젖을 못 뗀 막둥이 때문에 한밤엔 집으로 새벽엔 병원으로 낮엔 새롭게 시작한 일을 하느라
정신없는 시간을 보내고 있는 나. 고생한다는 회사 상사의 문자에 이렇게 답했어요. '사랑하
는 사람을 위해, 그리고 나를 위해 할 수 있는 일이 있어 저는 행복합니다.' 눈에 안 보인다
고, 무조건 참고 기다리고만 있다고 투정하던 시절도 있었는데 지금은 노력의 흔적들이 보
이니, 저 행복한 거 맞겠죠?

풍요로운 삶이란 무엇일까요? 잘은 모르겠지만 이미 그 삶, 살고 계신 것 같습니다.

오늘 우연히 레코드샵을 스치다가, 굉장히 좋아하는 곡을 듣게 되었다
라흐마니노프 교향곡 2번,
거기다 발레리 게르기예프가 지휘하는 키로프 오케스트라…
그 곡이 제대로 된 소리로 들리는데, 그냥 지나칠 수 없었다

들어가봤더니,
앰프는 마크 레빈슨, 스피커는 탄노이 두 대에 바이타복스 두 대…
이런 환상의 콤비네이션을 시골 레코드샵에서 만나다니…

주인 할아버지는 멋진 분이셨다
손수 준비해주신 차를 함께 마시며 이런저런 얘기를 나누는데,
재미있는 말씀을 들었다

마크 레빈슨은 음량 조정만 허용한답니다
베이스나 트레블은 손댈 필요 없다는 얘기죠
그냥 앰프가 아닌 마크 레빈슨이라는 자신감이겠죠

젊은 시절 건축가였던 할아버지는,
은퇴 후 모은 돈을 몽땅 투자해서 꿈에 그리던 오디오 시스템을 마련하셨다고 한다
얼마 남지 않은 돈으로, 결국 시골로 들어와
작은 레코드샵을 경영하면서 겨우 먹고살 만큼 벌지만,
잘나가던 젊은 시절보다 훨씬 행복하다고 말씀하셨다

나직하지만 결코 가볍지 않은 목소리를 듣고 있자니,
그 할아버지의 인생이 마치 마크 레빈슨처럼 느껴졌다

내 삶은 항상 튜닝된 상태랍니다
다만 목소리를 좀 줄였을 뿐이죠…
늦었잖아요? 후훗

…이라고 말씀하시는 것 같았다

모든 사람이 같은 삶을 살죠. 피 터지는 입시전쟁, 피 말리는 취업, 칼날 같은 구조조정. 그렇게 여기저기 휘둘리다 어느새 몸도 마음도 늙어서 아무것도 할 수 없게 되는 거죠. 자식 덕에, 친구와 마시는 술 한잔에, 이래저래 소소한 즐거움이야 찾을 순 있겠지만 이게 진정 행복일까요?

'열두 살은 열두 살을 살고, 열여섯은 열여섯을 살지' 라고, 김창완 아저씨가 노래하시더군요. 사실 저라고 답이 있겠습니까마는 짧은 제 인생의 중간결론은, '인생에 결론은 없다', 그러니 '과정에서 즐거움을 누리지 못하면 낭패다' 입니다.

멋진 **인생**이라는 것은
늙어서 증명할 수 있는 것이다

젊어서는
멋지게 늙을 준비 만 하기에도 벅차다구

어린 것이 멋져서 어디에 쓰게?

오늘 입으신 니트, 참 예뻤어요. 지퍼가 옆으로 달린 니트가 잘 어울리는 사람은
드물 것 같은데.
↓↓

더 늙기 전에 이것저것 입어둬야 나중에, 진짜 늙은 다음에 안 입어봤다는 핑계로
젊은 척 추하게 입고 다니지 않을 거 아니여.

정말 행복한 시간은
여행을 **준비**하는 시간이다
어쩌면 여행 자체보다 더

행복할 수밖에 없다는 얘기야

내 인생
우리 인생

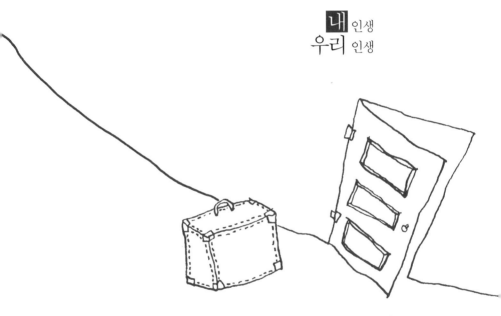

그간 상당히 뜸했지요? 내년 초로 잡힌 시험 준비로 죽어라 공부만 파고 있었습니다. 하루하루가 바쁘고, 그날이 다가올수록 초조하면서도 한편으론 이렇게 행복하고 좋을 수 없습니다. 저는 지금 제가 하고 싶은 일을 하고 있으니까요.

군인일 때, 수험생일 때, 참 괴롭지만 다르게 생각하면 그때만큼 인생이 명확하기는 힘들죠. 딱 한 가지만 잘하면 되잖아요. 나라만 지키면(제대만 하면) OK! 시험만 잘 보면(대학만 가면) OK!

움직이기 어려운 것은,
그들의 마음이 아니라, 내 마음인걸

어찌어찌 마음을 움직였다 쳐도,
세상에서 제일 먼 길이 남아 있잖아

머리에서 가슴까지는 차라리 가깝지
진짜로 머나먼, 가슴에서 손과 발까지

가슴에서
손과 발까지

참 어려운 일 중 하나가 먼저 다가가 미안하다고 말하는 거, 그게 왜 그리 어렵고 힘
든지 모르겠어요. 분명 생각하고 있었거든요, 내 잘못이니 사과해야지, 그렇게. 근데
막상 말로 하긴…. 잘한 것도 없으면서 입만 삐쭉거리고 알아주기만을 바라듯이 먼저
다가와주기만 기다리고 있네요.

사과하는 데 필요한 것은 지혜가 아니라 용기입니다. 그리고 용기는 있고 없는 기질
의 영역이 아니라 결정하고 행동하는 기질의 영역입니다. 식당에서 혼자 밥 먹어본
적 있나요? 어려운 건 처음 딱 한 번입니다.

끝은 훤히 보이는데
길이 잘 안 보인다

이걸 두고

사는 맛이라는 사람도 있고
죽을 맛이라는 사람도 있다

좋아하는 사람이 생겼습니다. 하지만 그 사람도 제게 관심있는진
잘 모르겠어요. 안 지 얼마 안 되었어도 편하고 좋은, 정말로 붙잡
고 싶은 사람인데. 매일 기도해요. 그 사람도 저를 좋아하게 해달
라고 말이죠. 사랑받는 일이 사랑하는 일보다 훨씬 힘드네요.

절대적으로 사랑하는 일이 어렵던데요. 사랑받는 일 역시, 사랑하
는 일 가운데 하나인걸요.

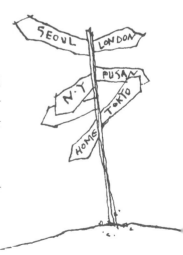

강한 감흥도 쉽게 사람을 바꾸진 못하네요. 많은 동기와 기대를 얻은 듯했지만 변하지 않는 자신과 다시 마주하고 맙니다. 어떻게 박차고 나갈 수 있을 런지.

사람은 '영'과 '혼'과 '육'으로 이루어졌기에 감흥으로 바뀌지는 못합니다. 감흥이란 그저 혼이 살짝 감동받은 것이거든요. 몸이 바뀌려면 먼저 습관이 바뀌어야죠. 여기 가장 좋은 습관 두 가지가 있습니다. 하나는 일찍 일어나는 것, 또 하나는 혼자만의 조용한 시간을 꾸준히 유지하는 것입니다. 몸을 바꾸는 것은 영을 바꾸기 위한 가장 믿을 만한 준비지요.

나는 아주 보잘것없는 사람인데,
그걸 자주 까먹어서 문제다

나는 아주 행복한 사람인데,
그걸 자주 까먹어서 문제다

나는 아주 보잘것없지만 행복하고,
그걸 자주 까먹어서 문제인 사람이다

백만 번 고민해봤자 풀리지 않는 문제가 있다
정답은, 시간

시간의 미덕은,
기대하는 사람보다는, 기대하고 있지 않던 사람에게
답을 준다는 사실이다

보채지 말고, 그냥 잊어버릴 것
그리고 세월이 덤으로 주는 은혜에 감사할 준비나 할 것

오늘의 뜬구름 잡는 소리.

하나, 풀린 실을 들고 있는 사람과 엉망으로 꼬인 실뭉치를 방금 풀어낸 사람 중 누가
더 기쁠까요?

둘, 가만히 의자에 앉아 있는 사람과 한참동안 의자를 들고 벌서다가 방금 내린 사람
중 누가 더 편할까요?

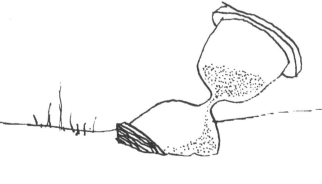

둘,

이건 나만 아는 비밀인데

'우리'
하고 발음하면

자동으로 미소가 생긴다

내가 중요한가, 우리가 중요한가
라는 질문에 대해
알바와 직딩과 자영업자와 경영자를 두루 거치면서 답을 얻었다

우리는, 나를 포함한다
이건, 나와 우리 중에 하나를 고르는 문제가 아니다

내가 책임질 영역을,
나 하나로 한정할 것인가,
우리로 확장할 것인가에 대한 문제다

중요한 포인트가 하나 더 있는데
이 문제는, 내가 아니라 우리가 채점한다

요즘 숨을 안 쉬고 사는 것 같아요. 질식할 것 같은 느낌. 무엇 때문인지 어렴풋이
알 것은 같은데. 며칠, 하루, 아니 몇 시간만이라도 조용히 나 자신과 대화를 나눠봐
야 할 것 같아요. 무엇이 정말 문제인지.

그런 시간, 절대적으로 필요합니다. 단, 절대 위로하지 말고 대신 야단치세요. 자신
에게 가장 모진 잣대를 댈 수 있어야 한답니다. 그래야, 남을 도울 수 있거든요.

다른 사람으로 하여금
나를 사랑하게 만들 수 없다는 것을 나는 배웠다

내가 할 수 있는 일이 있다면
사랑받을 만한 사람이 되는 것뿐이다

"The great pleasure in life is doing what people say you cannot do(인생 최고의 기쁨은 사람들이 당신에게 할 수 없을 거라고 말하는 그 것을 해내는 데 있습니다)." 이 구절 너무 마음에 들어요. 그럼에도 인생 최고의 기쁨을 누리기란 참 힘드네요. 단 한 명이라도 이렇게 말하는 사람이 있다는 게, 저에겐 많은 위로가 되었습니다. 땡큐.

할 수 없을 거라 말하는 사람들에게 해내는 모습을 증명하려 애써 노력하다보면 정작 내가 행복하질 않더라구요. 부정적인 사람들 얘기 너무 신경 쓰지 말고 천천히 갈 길 걸었으면 합니다. 우리 모두요.

서른 편의 영화를 찍어오면서 깨닫게 된 것은,
최고의 **사람**들을 주위에 두고
그들이 자기 역할을 할 수 있게 하는 것이
좋은 영화를 만드는 가장 쉬운 방법이라는 사실이다

라고,
잘생기고 연기 잘하는 덴젤 워싱턴이 말했다

비단 영화에만 적용되는 얘기는 아니라고 생각한다
일이 잘 안 풀리면 생각해보자

그가 더 잘할 수 있는 일을,
내가 하고 있는 것이 아닌가
혹은
내가 더 잘할 수 있는 일을,
그가 하고 있는 것이 아닌가

왜 언제나 남의 떡이 커 보이는 것이죠?

그래서 저는 떡을 잘 먹지 않습니다. ⌣⌣⌣

내가 증인이다
좋은 사람이 아니더라도
좋은 일은 할 수 있다

좋은 세상이란
좋은 사람들의 합이 아니라
좋은 일들의 합이다

윅슬로가
마음만이 아니라
몸을 움직여내는 공간임을
증명하는 내일이 되었으면 좋겠다

참 좋겠다

친한 오빠가 자주 가는 사이트라며 소개해줬었는데, 7년이 지난 지금 문득 생각나 들릅니다.

행복한 분이란 생각이 들어요. 외롭고 또 외로운 사람은 가지고 가져도 부족하거든요.

↓↓

사실 부족해서 행복한 건데요.

나는 그들의 행복론이 슬프다
오늘의 고통이 모여 **내일**의 행복을 만든다는 얘기를
그들은 정말 믿는 걸까

바보냐?
오늘의 행복이 모여
내일의 행복까지 이어지는 게
훨씬 말이 되잖아

법 공부하는 걸, 사법고시 준비하는 걸
즐거워하는 아저씨들이 판검사를 해야
이 나라가 좀 멋져질 텐데

이를 갈면서 시험만 붙어봐라 했던
오타쿠 같은 새끼들이 판검사를 하니까
이 **나라** 가 이 모양 이 꼴이지

날씨가 흐리니 기분도 우울하네요. 어디서 시작된 문제일까요? 왜 저는 타인은 물론이고 스스로를 사랑하지조차 못할까요? 모든 문제의 본질은 저에게 있고, 해결책도 저에게 있는데, 왜 움직이지 않을까요? 스스로가 한심하다고 느낄 땐 어떡해야하나요?

만족스러운 날도 실망스러운 날도 모두 같은 하루고, 그 하루들이 쌓여 평생이 될거예요. 그러니까 쉽게 절망하지 말기!

작년 우리나라 사망 원인 Top 9

1 암
2 뇌혈관질환
3 심장질환
4 당뇨
5 천식
6 간질환
7 자살
8 교통사고
9 고혈압성 질환

우리는
달리는 자동차나 고혈압보다
절망 을 더 조심해야 하는 것이다

3년 내내 같은 반인 친구가 있습니다. 외모 준수, 성격 상냥, 거기다 공부까지 특출. 그야말로 모든 면에서 '잘난', 하다못해 스트레칭까지 잘하는 친구, 잠도 제가 더 적게 자고 공부는 제가 더 많이 하는데도 늘 저보다 성적이 좋네요. 참 괜찮은 친군 거 아는데, 부럽네요. 참.

스트레칭이라…. '나보다 잘하는' 친구보다 '그냥' 친구로 받아들이면 아마 훨씬 오래 가까울 수 있을 겁니다.

복잡하네요. 무엇이 내 머리를 이렇게 만들었을까요? 남자들이란, 사랑이란, 권태기란, 이별이란. 그 모든 끝에 무엇이 남을까요? 아, 복잡해! 전 단순한 사람이라 이런 질문들이 너무 어려워요.

아래 시는 특정 기사와 관련 없습니다.

연애란 아름다운 소녀를 만나는 것.
그리하여 그 소녀가 대구처럼 생겼다는 걸 깨닫게 될 때까지의 달콤한 휴식
by 존 바리모아

다양하게 응용될 수 있겠죠?

행복은
느끼는 게 아니라
깨닫는 것 같다

감옥처럼 느껴지던 군대도
월급보다 카드 값이 많이 나왔던 첫 직장도
당시에는 행복이라고 느낄 겨를이 없었지만,
돌이켜보니 나름 행복했음을 깨닫게 된다

딴생각 없이 하루하루에 집중할 수 있다는 게,
행복 아니고 뭔가

행복은 'Moment'인가요? 아니면 'Term'인가요? 문득 '아, 행복하구나. 나는!'
하다 이런 느낌 꽤 오래만이라서요. 예전엔 행복은 그저 순간일뿐이라 생각했는데
요즘은 이상하게 오래가네요. 이렇게 찾아지면 영원히 이어갈 수 있는 걸까요? 웬만
한 슬픔이나 좌절은 이겨낼 수 있을 것 같은 그런 '행복'이 찾아졌어요.

행복은 시간의 길이도 감정의 형태도 아닌, 의지인 것 같다는 생각을 자주 합니다.
행복하기로 작정한 사람에게는 늘 행복인 거죠!

Wallaslow's Poem

당신 만나고

비가 와도
울지 않고

맑은 날엔
창도 열고

이제는
절대로

안 돌아갈
자릴 보며

정말로
당신께

하고 싶은
말,

당신
나를

좋은 사람
만드네

이제는
사랑이

깊은 곳에
고이네

셋,

이상하게 늙느니
나는 계속 철없이 살아야겠다

왜 돈을 벌죠?
행복하려구요

근데 왜 안 행복해 보이죠?
과정이니까요

과정이 안 행복한데,
결과는 행복할까요?

인생은 결과가 아니라 과정인 것 같다

과정을 놓치면,
전부를 놓치는 것이다

학기 중엔 방학만 되면 무슨 일이건 열심히 하겠노라 결심했는데
막상 방학이 되니 아무것도 안 하고 지냅니다. 왜 그런지 가만히
생각했습니다. 아마도 조바심이라는 녀석이 저를 괴롭히고 있어
그런가 봅니다. 이 녀석 때문에 시간을 아끼고 알뜰히 사는 게 아
니라 마냥 주저앉게 되네요. 지금까지는 뛰다 멈추다 하는 지루한
사이클을 반복했는데 이제는 여유를 갖고 천 · 천 · 히 가볼래요.
목표와 더불어 목표를 향해 나아가는 길도 소중히 여기면서요.

이렇게 말하면 좀 막막할지 모르겠지만 인생은 끊임없는 과정이
더라구요. 현재를 즐기지 못하면 평생 재미없을지도 몰라요. 힘내
라는 얘깁니다!

오랜만에 윤상의 초기 음악을 듣다가,
문득 희한한 이름의 중국계 태국인이 떠올랐다
Lee Kwang, my friend

그는 택시기사였다
동시에 그는 천사였다

그는 내게 방콕 시내를 구석구석 안내해주면서
왕궁보다 더 아름다운 것을 보여주었다

그는 호주 시드니에서 굉장히 부유하게 자라났다
대학을 마친 다음 가업인 공장을 이어받아 경영하던 중
1998년 동남아 경제 위기로 공장이 무너지는 바람에,
하루아침에 택시기사가 된 것이다

회사 택시를 몰기 시작한 지 2년 만에
그는 자기 소유의 택시를 마련한다
그리고 그는 반드시 공장을 다시 일으켜 세우리라,
준비하고 있었다

그를 일으킨 한마디는 항상 같았다

I have not thought this is all

이게 전부라고 생각하는 인생과
이게 전부가 아니라고 생각하는 인생은
다를 수밖에 없는 것이다

그는 쉼 없이 젊었던 것이다
항상 기뻐했고, 감사 할 줄 알았다
부지런했고, 정직했다

일상에 지쳐 삶에 엄살이 피어날 즈음,
나는 그를 떠올릴 것이다

43세 청년, Lee Kwang

'주 느 새 꽈(Je ne sais quoi)'의 뜻을 찾아보니 특별한 무엇인가가 있다.
그렇다면 je ne sais quoi about walkslow!

모두에게는 뭔가 특별한 것이 있지요. 저는 점점 평범해지고 있는 것 같은데,
이것도 나쁘지 않네요.

망설이는 포지션
내 인생은 항상 사거리에 있다

선택은 다양하다
직진에 우회전, 좌회전
U턴, P턴에 일시정지까지…
눈을 크게 뜨고, 끊임없이 사방을 주시해야 한다
신호가 어떻게 바뀔지, 어떤 미친 차가 덤벼들지 모르거든

그러나 나는
사거리에 있음에 감사한다
막다른 골목이 아님을…
헤맬 수 있음을…
그리고 돌아올 수 있음을…

이 젊음 역시, 저물 것임을 안다

곧 **주름**이 자리 잡을 것이고
부드러운 볼따구 역시 굳어지겠지

그 사실을 알고 있어서 감사하고
그 끊임없는 망설임과 두려움 덕분에
내 인생에 긴장이 풀리지 않아서 감사하다

제가 싫어하는 사람을 모두가 미워하면 좋겠단 어린 마음에 가까운 사람에게
또 성내고 말았어요. 다섯 번 쯤 반성하고 서점에 들어갔다 『유쾌하게 나이
드는 법 58』이란 책을 집었어요. 여기 나오는 법칙 두 번째가 '당신만 생각하
고 있는 사람은 아무도 없다' 더군요. 그래서 지금 여섯 번째 반성 중.

할까 말까 생각되는 일은 하는 게 좋고, 할까 말까 생각되는 말은 안 하는 게
좋더라구요. 항상 그런 건, 또 아니고.

아버지 눈가의 **주름**은,
정말이지 내가 물려받고 싶은 부분이다

그게 말이야, 한국 계실 때는 분명 그런 느낌이 아니었거든
인도에서의 7년, 당신은 정말로 많이 부드러워지셨다
글쎄, 오늘은 이렇게 말씀하시더라니까

아들, 손해 보는 사람이 있어야
분위기가 좋아지는 거라구

낯설지만 반가운
그런 느낌

오랫동안 당신을 누르고 있던 바위가 치워진 느낌이랄까
정말 감사한 광경

오래오래 그분의 용도에 맞게 사용되시길 간절히 바란다
내가 잘 지켜보며 배울 수 있도록…

아버지께서 우연히 고향에 갖고 간 워슬로 책을 보셨어요. 아주 귀한 책이구나, 하시고는 연필로 줄까지 그으시면서 읽으시기에 (몹시 아쉬웠지만) 책을 두고 돌아오는 길이 기뻤어요. 나와 같은 취향의 아버지를 만나게 해주셔서 감사합니다.
P.S. 저자가 아주 고상한 사고를 가진 여성이구나, 하셨다는 얘기는 비밀! 사진이 없어서 아쉽기는 아버지나 저나.

사진을 넣지 않은 이유는… 아름다운 사진 때문에 글이 묻힐까 해서…. 죄송합니다, 제가 오늘 운전을 좀 오래해서요….

빗소리에 옛일이 하나 떠올랐다
1997년 여름, 아우 둘이랑 어느 뮤직비디오의 백댄서로 섭외되었다
스태프들과 인천에서 합류해 촬영차를 타고 강화도로 이동,
유명하다는 보리밥 집에서 점심을 먹었다
물론 그 보리밥이 출연료였다는 사실은 나중에 알았고…

촬영차를 배에 싣는다
석모도는 그날이 처음이었다
섬이 저만치 보이는데 빗방울이 하나둘 떨어진다
스태프들은 전혀 요동하지 않고, 우리만 당황하는 분위기다
그제야 뮤직비디오 제목을 알려준다

무지개를 찾아서!
일기예보를 따라, 비 오는 날을 고른 거란다

빗방울은 굵어지고
스태프들은 기뻐하고
우리들은 젖기 시작했다
빗속에서 오후 내내 춤을 췄다

땀과 비가 섞이는 그 와중에 선글라스와 두건을 챙겨 쓴 우리도 웃기긴 했다
어찌어찌 촬영은 마무리되고, 스태프 하나가 동네 다방에 가서
주전자에 율무차를 담아왔다
그날, 따끈한 율무차가 식도를 넘어가던 느낌을 아직도 잊을 수 없다

그 비디오, 사실 가지고 있거든
아무도 모르게 보려고 숨겨뒀지
정말 힘들 때, 그만 울고 싶을 때 꺼내 보려고

늙을 준비란
이런 추억을 많이 만들어두는 게 아닐까
하고 생각해봤다

그 시절엔 그 사람을 온전히 사랑하기엔 제가 부족한 게 많았죠. 하지만 그 시절과
그 사람을 부정하지 않는 것처럼, 그 역시도 다시 돌아오지 못할 그때를 소중한 추
억으로 남겨줬음 하는 바람.

⇓⇓

추억은 서로에게 꼭 같진 않아서 그래서 다행인지도 모르겠습니다.

바보처럼 오늘 미련을 가지고 그 애에게 전화를 했어요…
아직 미련이 남는 걸 보니까… 정말 좋아하긴 했나 봐요…

그래…
어떻게 해도 안 되는 거니
라고 문자…
거침없이… '응'이라고 대답하더군요…

이젠
정말 아무렇지 않게 그 애를 잊을 수 있어요…
그 애… 참 나빠요…

그렇게 냉정하게 말해준 걸 보니
네가 좋아할 만한 가치가 있는 아이였구나
하지만 그렇다고 해서 변하는 것은 없다

추억은…
마치 갓 뽑힌 지하철 증명사진과 같아서
나올 때까지의 그 지리한 기다림을 견뎌내야 하고
나온 순간 성급한 지문으로 더럽히지 말아야 한다

잘 견디면 평생이 향기롭다…

추억에 대해 하셨던 말을 요즘 곱씹고 있어요. 성급하게 지문으로 더럽히지 말고 잘
간직하면 평생이 향기롭다고 하신 말. 추억으로 남기고 싶은 사람이 있는데 왜 이리
어려운지. 미련한 미련 때문인가. 미련이 없는 사람이 되고 싶어요.

미련은 추억이랑은 상극이에요.

밀양은 어떤 곳이에요?
평생 밀양에서 살아온 종찬(송강호 분)은
똑같은 질문을 두 번 받는다

어떻게 그래요?
나 역시
욕을 듣고
칭찬을 듣고
또 질문을 듣는다

송강호에게 밀양이란, 비교할 대상이 없는 곳이다
그래서 답할 수 없었다
나도 마찬가지

비교할 수 없는 인생을 살고 있다
남루한 일상이든 화려한 찰나든
그것이 내 인생인걸

용서받지 못한 일
용서하지 못한 일
다 등에 지고 천천히 걸어갑니다
언젠가는 가벼워지겠지요

잘하고 싶은데 그렇지 못해서 괴로워요. 늘 남과 비교하고 나를 탓하니 하루하루가 힘들어요. 가뜩이나 못생긴 얼굴이 더 못생겨지고 짜증만 늘어요. 이럴 땐 뭐라고 기도하면 좋을까요?

지금 쓴 그대로 기도하는 건 어떨까요? "뭐라고 기도하면 좋을까요?" 같은 질문도 충분히 기뻐하실 것 같은데요.

육체는 자기가 고통스러우면
일단 전진을 중단하고,
우선 그 고통에서 탈출하는 데
모든 노력을 집중한다

인생의 많은 실패들은 이 슬픈 노력에 기인한다
늙은 육체들은, 신기루 같은 탈출 시도에 낭비해버린 인생을 후회하며 운다

고통이 다가오면, 눈을 감아주자
절대로 걸음을 멈추지 말자
고통은, 해결하고 가는 것이 아니라, 가지고 가는 것이다
느려지는 게 두렵다고 기약 없는 해결을 마냥 기다릴 수 없는 것이다

방향 놓치지 않고
천천히 갈 길 걸어가는 것

그것이 내가 살아갈 인생이다

멀쩡히 하던 일 그만두고, 하고 싶은 일을 찾아 이직하게 됐어요. 옛날부터 '서점 아가씨'에 대한 로망이 있었거든요! 전 야망보다 로망이 중요한 사람이라서요.

서점에서는 뭐니 뭐니 해도 책 빨리 찾아주는 직원이 최고죠. 저처럼 무심한 손님이 많겠지만 로망을 금방 접지 말고 공룡처럼 사라져가는 서점을 지켜주세요.

넘어졌을 때, 감사해야 하는 것은
그 순간, 방향을 체크할 수 있는 가장 겸손한 상태가 되기 때문이다

방향이 바르면
넘어진 자리에서 일어나서, 다시 걸을 수 있지만

방향이 틀리면
출발점으로 돌아가서, 방향부터 다시 잡아야 한다

어느 경우라도
방향에 대한 고민 없이
내키는 대로 부유하는 하루살이보다는 낫다

관심 있는 사람이 있어요. 그 사람이 친구들 만나는 자리에 같이 가자고 해서 나갔거든요. 그중 한 명이 이것저것 묻더니 "○○이한테 관심 있어요?" 하는 바람에 "네"라고 답했죠. 원래 솔직한 성격이라. 저는 왜 이렇게 여우 짓을 못하는 걸까요? 졸지에 고백해버렸네요. 속!상!해!요!

여우 짓으로 얻을 수 있는 사랑이라면 여우 짓으로 빼앗길 수도 있지 않을까요? 진심이 있는 관계를 원한다면 진심을 보이는 게 부끄러울 이유가 없지요.

현실과 이상이 달라서 고민하는
너 혹은 나에게

바다 위의 배를 생각해보자
얄궂은 비바람이 현실이라면
맑은 날씨가 이상인가?

정말이지 스스로와의 싸움에서 좌절을 겪고 흔들리는 제 모습에 회의를 느끼고 있어요.
왜왜왜왜 이렇게 저는 의지가 부족한 걸까요? 어떻게 하면 '열심히' 살 수 있을까요?

의지는 '부족하다', '넘치다'의 문제가 아니라 '가지다', '말다'의 문제랍니다.
그러니 부디 가지시길!

대부분의 좌절과 슬픔은,
현실과 이상을 바르게 이해하지 못해서 일어난다

비바람은 현실이 맞다

그러나 이상은,
맑은 날씨가 아니라
목적지다

넷,

상처가 아물지 않은 사람이 싫다
라고 써놓고,
왜 그럴까 생각해봤는데

아무래도 그건,
내가 아물지 않아서
인 것 같다

끝까지 동행하려면
세 가지가 같아야 한다
목적지, 경로, 그리고 속도

목적지가 다른 사람과 길에서 만나면, 인사나 하면 되고
경로가 다른 사람과는 만날 리 없으니 상관없는데
속도가 다른 사람은, 애가 탄다

내 뒷모습은
네 뒷모습만큼 슬프겠지

같은 회사에 근무하는 3년 짝사랑이 사표를 냈어요. 그 사람에겐 잘 된 일인데…. 유난히 또각 거리는 힘찬 발소리도, 뒷머리를 만지작거리던 손가락도, 매일 보던 정수리도 이제 마지막이겠죠? 내가 무엇 때문에 또 뭘 걱정하는 건지 고민했지만 아직도 모르겠어요. 다시 못 보는 게 두려운 건지, 아니면…. 무엇을 바라고 좋아한 건 아니었지만 나도 원하고 있었네요. 내일 아침 그분 얼굴을 어떻게 보죠?

사랑에 있어 유일한 답은 답이 없다는 겁니다. 3년이라… 한마디도 못 하고 보내면 좀 억울하지 않을까요?

세상에서 가장 나쁜 광경은
뒷모습이다

제 인생의 흐름을 모르겠어요. 마냥 고여서 썩고 있는 것 같아요. 근원 없는 자신감은(그
나마도 자신감이라 착각했던 허풍이었던 것 같지만) 사라지고 갈 바를 모르겠어요.

보여주는 쪽이나
보고 있는 쪽이나
똑같이 가슴이 아프잖아

이렇게 바쁜 척 하는 저 역시도 고여서 썩고 있는 건 아닌가 하는 고민을 만날 똑같이
합니다. 그리고 자신감은, 원래 근원이 없는 거예요.

어릴 때, 아주 어릴 때 나는 이런 생각을 했었다
세상은 아주 넓고, 사람은 아주 많기 때문에
나와 똑같은 생각을 하고
나와 똑같은 모습을 한 사람이 분명히 있을 거라고…

바보 같은 생각이었다
이 세상에는 사람은 물론이고,
심지어 조그만 개미 한 마리조차 똑같은 건 하나도 없다

지금으로선 다행이다
나와 똑같은 넘이 하나 더 있다면 얼마나 징그러울까…

살다 보면 굉장히 부담스러운 인간을 만나게 될 때가 종종 있다
곰곰 따져보면 그넘은 분명히 나와 비슷한 넘이다
100년 묵은 구렁이처럼 내 깊숙한 곳에 또아리 틀고 있는 그 무언가를
그넘도 가지고 있다는 얘기와 같다
누구나 스스로에 대해 애증을 함께 가지고 있는 것이다

자신을 사랑하려고 노력하는 사람일수록,
아까 말한 그런 넘을 만났을 때 더 힘든 경험을 하게 된다

극복하기는 쉽지 않겠지만,
그 단계를 넘어서면 또 다른 **자유로움**을 느끼게 될 것이다

꿈을 꿨는데 눈앞에 멋진 바다가 펼쳐진 카페에 앉아 있었
어요. 그리고 한 청년을 만났는데, "제가 웍슬로입니다"
하지 않겠어요? 그래서 제가 "하나도 안 닮았는데요?" 했
더니 그래도 자기가 웍슬로라고 막 우기더라는….

저는 누가 웍슬로냐 물으면 아니라고 막 우기는 타입인데,
아마 걔는 제가 아닐 겁니다.

바른 세상을 만드는 간단한 방법

1 자신을 중심으로, 작은 **원**을 하나 그릴 것
2 그 원 안에서 **바르게** 살 것
3 그렇게 사는 사람들이 늘어날 것

지하철이나 버스엔 노약자석이 있지만 젊어도 감기몸살이나 기타 이유 등으로 몸이 너무 힘든 경우도 있잖아요. 노(老)는 아니어도 약(弱)자가 맞는데, 이럴 때 융통성을 바란다는 건 무리한 꿈일까요?

꼭 노약자석 같은 데서 자존감을 찾는 어른들이 있으시죠. 제 생각에는 그런 분들이 오히려 노약자가 아닐까 합니다.

더 좋은 세상으로 가는 간단한 방법

1 자기 원 안에서 바르게 산다
2 자기 원과 남의 원이 겹치는 부분이 생기면, 내 것을 하나씩 준다
3 그렇게 사는 사람들이 늘어난다

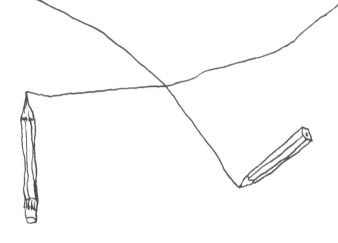

징하게 말 안 듣는 골칫거리 후배가 있는데 녀석이 너무 이기적으로 느껴져요. 많은 걸 양보하고 감수했음에도 자기주장만 일삼고 있으니 대화를 요청해도 응하지 않네요. 마음을 열기 싫은가 봐요. 지쳐요. 안 보고 그만이면 편하겠지만 싫어도 부비적(?) 해야 하기에 계속 부딪혀요.

이 사람이 진짜 내 얘기를 듣고 싶구나 느낄 때 마음을 열지 않는 사람은 없더라구요. 누구나 자기 마음속 얘기를 꺼내고 싶어 하거든요. 보아하니 그 후배님, 아주 예민한 듯한데, 부비적 하는 일에 불편하기 싫어 내민 손이라면 금방 눈치채지 않겠어요? 조금 더 노력해보자구요. 실은 저도 제일 힘든 부분이랍니다.

3/4분기 부가세를 냈다
본래부터 내 것도 아니었던 그 돈이,
잠시 내 통장에 머물다가 갈 길을 떠났을 뿐인데, 어찌나 서글프던지…
가볍게 인사해주었다

안녕

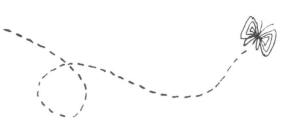

인생을 살다 보면, 부가세 같은 인연도 스치게 된다
이별이 보장된 만남

마음을 떼놓아야 상처 안 받는 걸 누가 모르나
다만 만나지 않길 바랄 뿐이다

사람들에게 가장 필요한 약은 옛사랑을 잊는 약이 아닐까요? 누군가를 잊기 위해선 세 배의
시간이 지나야 한다는 말도, 사랑한 만큼 미워해야 한다는 말도 모두 틀린 거 같아요. 혹시 좋
은 묘약 없으신지요?

의도적으로 잊으려 노력하지 않는 거겠죠. 'Let it go'. 그도 나도 더 좋아지기 위한 이별이
었다면 지나치게 슬퍼하지 않기.

고통과 성장
구창모가 노래했듯이,
우리는 아픈 만큼 성숙해진다

피가 나고, 딱지가 앉고, 아물고,
우리는 아무튼 그렇게 성장한다

친구를 사귈 때
동료를 찾을 때
요즘은, 그 흉을 세심하게 살피게 된다

상처의 크기를 보는 게 아니라
얼마나 잘 아물었는지…

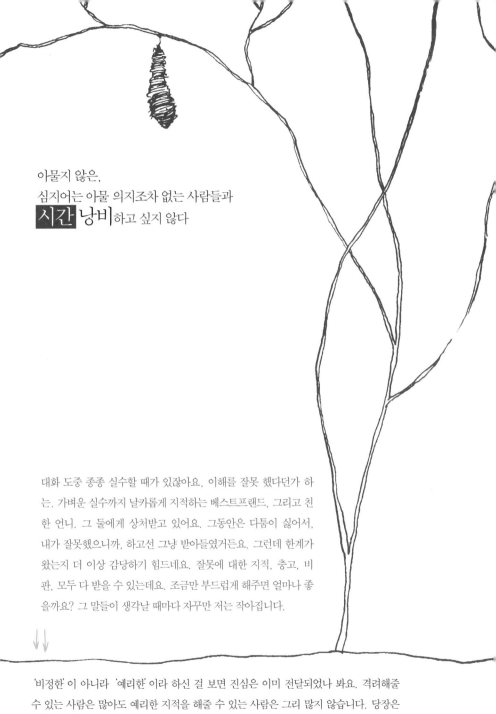

아물지 않은,
심지어는 아물 의지조차 없는 사람들과
시간 낭비하고 싶지 않다

대화 도중 종종 실수할 때가 있잖아요. 이해를 잘못 했다던가 하
는. 가벼운 실수까지 날카롭게 지적하는 베스트프랜드, 그리고 친
한 언니. 그 둘에게 상처받고 있어요. 그동안은 다툼이 싫어서,
내가 잘못했으니까, 하고선 그냥 받아들였거든요. 그런데 한계가
왔는지 더 이상 감당하기 힘드네요. 잘못에 대한 지적, 충고, 비
판, 모두 다 받을 수 있는데요. 조금만 부드럽게 해주면 얼마나 좋
을까요? 그 말들이 생각날 때마다 자꾸만 저는 작아집니다.

↓↓

'비정한'이 아니라 '예리한'이라 하신 걸 보면 진심은 이미 전달되었나 봐요. 격려해줄
수 있는 사람은 많아도 예리한 지적을 해줄 수 있는 사람은 그리 많지 않습니다. 당장은
쓰지만 시간이 지나면 제일 달콤해질 거예요.

사랑이라는 것은
젖은 시멘트와 같다

…라고 내 친구가 얘기했다

사소한 긁힘에도 예민하게 자국이 남지만
시간이 흐를수록 점점 단단해지지
그리고 어느 정도 굳어지고 나면,
아무리 고치려고 해도 소용없지
다시 부수고 새로 만든다 해도
원래의 흔적은 잘 지워지지 않지

··· 라고
내 **친구** 가 얘기했다

누가 그러더군요. 기대하지 않으면 실망도 없으니 누구를 만나건 기대와 사심을
버리라고. 만나려고 아등바등하지 말라고. 그 사람을 내 방식에 맞추려 애쓰는
건 좋지 않다고. 그렇게 아무런 기대도 행동도 않고 바람도 없이 가만히 앉아 '오
면 좋고, 안 오면 말고' 하는 마음으로 기다리는 거, 그게 과연 의미 있는 관계일
까요? 건강한 관계란 어느 정도인지 참 어렵네요.

자꾸만 본전이 생각나는 관계라면 다시 한 번 생각해보심이 옳습니다. 진짜 좋은
데 기다리는 게 뭐가 억울하겠습니까?

행복한 얘기는
가능하면 많은 사람들과 나눌 것

효능 : 주위에 사람이 많아짐
주의 : 그게 다 **친구**는 아님

아픈 애기는
가능하면 적은 사람과 나눌 것

부작용 : 넘어졌을 때 연락할 사람이 별로 없음
효능 : 별로 없는 그중에 한둘은 널 업고 병원으로 뛸 것임

후회와 아쉬움의 차이가 뭘까요?

후:회(後悔) 이전의 잘못을 뉘우침.
아쉽다 1. 무엇이 없거나 모자라서 군색스럽다(돈이 아쉽다), 2. 뜻대로 안 되어
불만스럽거나 유감스럽다(그렇게 끝내다니 아무래도 아쉽군요), 3. 아깝고 서운
하다(두 사람은 이별을 못내 아쉬워하며 헤어졌다).

감정만 남은 아쉬움보다 뉘우침까지 있는 후회가 더 바르겠군요.

저녁마다 오피스텔 앞 초등학교 운동장을 걷는다
느긋하게 걸어도 한 바퀴 도는 데 3분이 안 걸리는 좁은 운동장
천천히 뱅글뱅글 돌아준다

오랫동안 연락되지 않던 사람들에게 먼저 전화를 걸기도 하고
오랫동안 용서하지 않던 사람들을 용서하기도 하고
오랫동안 미뤄왔던 고민들 꺼내놓기도 하고

그렇게 천천히 뱅글뱅글 돌다 보면
헝클어진 생각들, 조금씩 정리되는 걸 느낀다
단지 걸을 뿐인데…

남에게 끌려 다니는 걸음
억지로 남을 앞지르려는 걸음
마지못해 걷는 걸음
도망치는 걸음
그런 건 별로 걷는 게 아닌 것 같다

목적지를 분명히 알고, 그곳을 향하여 자신의 속도로 걷는 것,
그게 진짜 걸음인 것이다

날씨가 눅눅하니 옷도, 몸도, 마음까지 한없이 축축해집니다.
슬슬 지칩니다. 지금 타자를 치면서도 늘어지는 것 같네요.

위기에 대처하는 제일 좋은 방법은 위기를 위기로 느끼지 않
는 거랍니다. 고비고 뭐고 생각하지 말고 그냥 자기 방식대로
인생을 걷는 거예요. 힘들기는 개뿔, 그런 마음일랑 먹지 말
고. 자, 힘차게 한 걸음!

살아가는 것은
마치 에스컬레이터를 타고 올라가는 것과 같다

문제는, 그 에스컬레이터가 올라가는 것이 아니라
내려오는 에스컬레이터라는 것이다

가만히 있으면,
그 자리를 지킬 수 있는 것이 아니라,
도리어 내려가게 되어 있는 것이다

규칙적으로 걸음을 내디뎌야,
겨우 그 자리를 지킬 수 있고
땀나게 걸어야,
조금이나마 위로 올라갈 수 있는 것이다

곰곰이 생각해보면,
이건 정말, 말이 되는 세팅이잖아

그래야 공평하지
그래야 역전의 기회라도 있는 거 아니겠어?

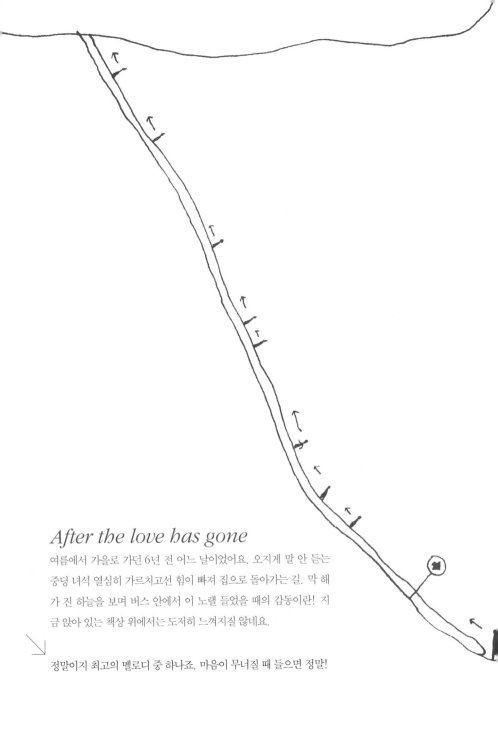

After the love has gone

여름에서 가을로 가던 6년 전 어느 날이었어요. 오지게 말 안 듣는
중딩 녀석 열심히 가르치고선 힘이 빠져 집으로 돌아가는 길. 막 해
가 진 하늘을 보며 버스 안에서 이 노랠 들었을 때의 감동이란! 지
금 앉아 있는 책상 위에서는 도저히 느껴지질 않네요.

정말이지 최고의 멜로디 중 하나죠. 마음이 무너질 때 들으면 정말!

요리를 다 만든 다음,
맨 **위**에 파나 깨로 장식하는 데는 이유가 있단다

이 음식은 당신만을 위해 만들었고,
아무도 손대지 않았습니다

이래도 요리가 예술이 아니라구?

오늘 늦는다고 했더니 아침부터 삼계탕을 끓여 놓으시고는 자꾸만 먹으라 하십니다. 엄마가요. 할 수 없이 아침부터 삼계탕을 먹었는데 회사식당 점심 메뉴도 삼계탕. 큰 대접에 몸 담그고 있는 누드 닭이 '날 잡아 잡숴' 하는 모습이라니! 중복에는 또 뭘 먹어야 하나? 아무튼 지금은 또 배가 무지 고픕니다.

하루 세 번 삼계탕이군요. 내일 아침에 '꼬꼬댁' 하면서 일어나면 어떡하죠?

Walkslow's Poem

때를 느낌

그때,
나는 알 수 있었다

너무,
오래 평화로웠고

이젠,
아플 타이밍인 것

다섯,

To see your face
I close my eyes
라고 시작하는 편지를 썼던 게 생각난다

정말로 보고 싶은 사람이 있으면,
눈을 꼭 감는다

그리고 조용히 그를 느낀다

Walk slowly
천천히 걸어요

My dear Husband, if you should go before me dear,
사랑하는 당신, 날 앞서가게 될 때에
walk slowly down the ways of death, well-worn and wide,
낡고 넓은 죽음의 길, 천천히 걸어요
for I would want to overtake you quickly
금방 내가 따라갈 수 있도록
and seek the journeys ending by your side.
이 세상 여행, 당신과 함께 마칠 수 있도록

I would be so forlorn not to descry you
그 환한 길 끝에 도착한 나,
down some shining highroad when I came.
당신 찾지 못한다면 얼마나 쓸쓸할지
Walk slowly dear, and often look behind you,
천천히 걸어요 당신, 그리고 자주 돌아보아요
and pause to hear if someone calls your name.
그리고 당신 부르는 내 목소리 들을 수 있도록 조금만 기다려주어요

널널한 요즘, 외국 검색엔진에서 'walkslow'를 검색하다가
'walk slowly'라는 시를 만나게 되었다
천천히 읽다가 나도 모르게 눈물이 쏟아졌다
아델라이드 러브(Adelaide Love)라는 여류시인이 쓴 시인데,
아마도 남편에게 바치는 시인 듯하다

죽음이 두려울 만큼 사랑한 사람들,
얼마나 행복했을까…

제가 믿는 건 딱 하나, 계속 동행하는 것.

Walkslow lets me know that i am just on the right track.

예아!

여자, 내 눈물 닦아줄 때
어머니, 내 콧물 닦아주시네

남자, 내게 박수쳐줄 때
아버지, 내게 물을 떠주시네

여자가 아닌 어머니
남자가 아닌 아버지

하늘의 사랑
대신 알게 하시네

아버지
어머니
감사합니다

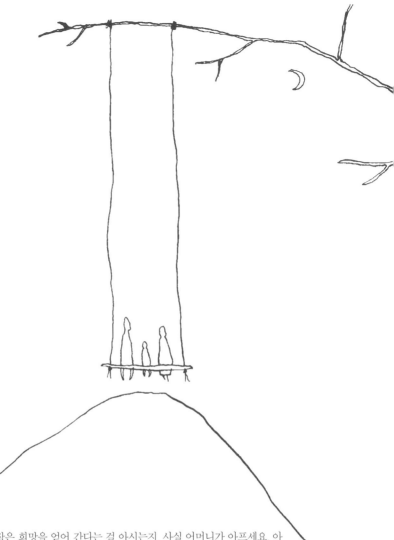

여기서 작은 희망을 얻어 간다는 걸 아시는지. 사실 어머니가 아프세요. 아주 많이…. 얼마 전 종합검진에서 알았죠. 생활은 점점 힘들어지고 있고, 더 이상 나아질 수 없다는 걸 알고 좌절도 하지만 부모님이 그러하시듯, 나도 열심히 살아야겠다고. 되돌아오면 좋겠어요, 최선을 다해 살 테니, 꼭.

저 역시도 이곳에서 작은 희망을 얻어 간답니다. 이걸 놓지 맙시다, 꼭.

어머니가 옳았고
누이가 옳았고
사모님이 옳았다
여자 들의 말이, 결국에는 다 옳았다

그러나 "옳았다"를 "옳다"로 바꾸는 것은,
나의 미션인 동시에 그녀들의 미션이다

부드럽게, 입에 달게 잘 소개해서
뒤늦게 깨달아 후회하지 않도록
눈앞에서 끄덕거리도록

그렇게 만드는 노력은
일터에서도 진행되고 있다

윅슬로님에게 여자란 어떤 존재인가요? 저에겐 현재로선 갈대. ;;

갈대는 절대로 부러지지 않아요.

남자와 여자는 친구가 될 수 없다

…라는 내용의 카운슬링을 읽었다

대단한 달변의 카운슬러였다
전직 마담이었다는데…
암튼

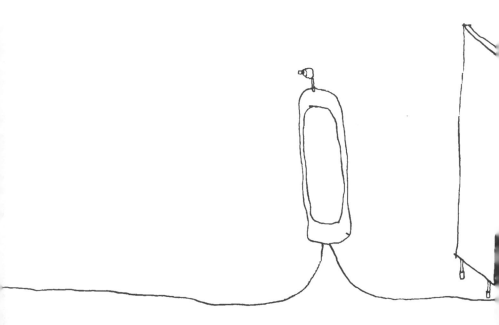

같이 목욕탕도 못 들어가는 사이가
요는,

어떻게 **친구** 가 될 수 있냐는 거다

아… 놀랍다
마담을 조심해야겠다

저에게 이곳을 소개해준 10년 지기 친구 녀석이 며칠 전 새벽 만취해서는 전화로 고백을 하더군요. 자다가 날벼락 맞은 기분이었지만 고백받은 순간, 사랑이 시작되었더랬죠. 그렇지만 우리는 3일도 못 가 이별하고 말았습니다. 남녀가 친구로 10년을 지내왔다는 것은 굉장한 일이라고 생각합니다. 술에서 깬 녀석이 너무 힘들어 하기에 헤어져줬습니다. 녀석은 고백한 것을, 저는 받은 걸 후회했죠. 10년 우정이 참 별것 아닌 일처럼 사라지더군요. 이젠 친구로도 끝이겠죠. 그래도 언젠가 이곳에 들러 이 글을 보게 된다면 "괜찮아. 네 잘못 아니야" 말해주고 싶어요.

다시 친구를 찾으시길.

'회색과 검은색의 구성' 이라는 제목의, 자신의 어머니를 그린 초상화로 유명한
제임스 휘슬러라는 화가 가 있었다
그는 『톰 소여의 모험』, 『허클베리 핀의 모험』의 작가인 마크 트웨인과 친구였다

어느 날, 트웨인이 그의 화실에 놀러갔다
위슬러가 커피를 준비하는 사이,
트웨인이 물감도 채 마르지 않은 그의 새 작품을 만지려고 했다
놀란 위슬러가 그의 앞을 가로막자 트웨인이 웃으며 말했다
괜찮아, 나 장갑 꼈어

채 마르지도 않은 작품이 행여 상하지나 않을까
노심초사 하는 사람들이 있는 반면,
작품은 어찌되었든 자신의 손에 물감이 묻을까만 걱정하는 사람들도 있다

트웨인은, 항상 심각하고 어둡고 진지한 그림만 그리며
자신만의 세계에 빠져 있던 위슬러에게 새로운 관점을 선물한 것이다

꼬라 똔 빠르띠이요 • 링꿍 뽀르게 또라 뽐 껜 떼니요 • 뽀르게 레레른띠 케에스미
비 • 겟메라꾸라레 꼬라 똔 빠르띠이요오 • 겟메라꾸라레 꼬라 똔 빠르띠이요오⋯.
좋은데요, 이 음악! 그들의 귀엔 한국어도 만만치 않게 들리겠죠?

많은 상황에 적용될 수 있는 좋은 결론이네요!

자기 위치를 찾기만 하면
아름답지 않은 것이 없다

—밀레

산을 옮기라는데 어떡하죠?

산을 옮긴다, 가끔은 편법이 통할 때도 있습니다. 내 자리를 옮기는 거죠.

화가가 남겼기에 더 멋진 말이다
물론, 여러 분야에 적용될 수 있는 말이기도 하다

정점에 달한 이론은 분야를 가릴 것 없이 통하는 법이다

오늘의 테마는 '저스트 더 투 오브 어스 (Just the Two of Us)'
여러 개의 버전을 올려놓고 들으며 일한다

빌 위더스의 원곡, 당연히 멋지지
최근의 에미넴도 제법 잘 엮었고
쿠보타, 티나 같은 일본 가수도 나쁘지 않지만
내게는 뭐니 뭐니 해도 윌 스미스의 랩이 최고다

사랑하는 아들을 위해 만든 가사는, 정말이지 찡하다
특히 이 부분

It's a full-time job
to be a good daddy

아버지가 되는 일에 대해 깊이 묵상하게 하는 가사가 아닐 수 없다
부모가 되는 일을, 알바 정도로 생각하는 사람들에게 따끔한 일침

참, 윌 스미스는 최근 할리우드에서 제일 좋아하는 배우다
동시에 소유하는 것이 불가능한 것으로 알려졌던
두 가지(죽이는 스타일과 가정에 충실함)를 겸비해버린
보기 드문 캐릭터

우울한 아침이네요. 협상이란 게 뭘까요?

힘내세요! 협상, 그건 아무것
도 아니에요. 불가능도 아무것
도 아니라더만요. 아디다스는.

사실 불가능이라는 단어가 없는 사전이라면, 구입할 이유가 없잖아?
게다가 전쟁하러 가는데 사전이 무슨 소용이야,
칼이나 제대로 챙겨야지…

근데 니 사전에는 불가능이 없다구?
구라대마왕 나폴레옹
근데 네 말도 이해는 가

내가 천천히 걷겠다고 대놓고 작정하는 까닭 역시,
그게 제일 어렵기 때문이다

요즘 특히 그렇게 느낀다
주위에는 아름다운 것이 너무 많아
지금 이 길에서 한 걸음만 저 쪽을 향하면, 답이 나올 것 같거든
근데, 눈을 감고 숨을 고른 다음, 다시 눈을 뜨면,
이미 그쪽은 아름답지 않단 말이지

신기루는, 목마른 상태에서는 절대 가짜인 걸 모르는 거야
혹하지 않으려면, 항상 물주머니를 채워야 하는 거지

천천히 바른 길로
나도 당신도 걷기를
그리고
목마르지 않기를

여섯 살 즈음이었다. 피아노를 치느니 엿장수가 되겠다는
말로 어머니에게 충격과 포기를 함께 안겨 드렸던 내가 스무
살이 되어 다시 피아노를 치기 시작했다. 코드도 모르고 운
지도 모르고, 그냥 치고 싶은 대로 치기 시작해서 몇 달 뒤부
터는 해변 카페에서 연주 아르바이트까지. 하고 싶을 때 하
니까 저절로 잘하게 된다는 사실을 나는 그때 깨달았다.

오랜만에 게시판을 재조립하고 있다
프로그래밍과 디자인에 약간씩의 지식이 있으면 가능한 작업
…이라기보다는, 눈치만 있으면 누구나 할 수 있는 작업이다

프로그래밍이든 디자인이든 목적은 한가지다
답을 만들어내는 것!

그러나 프로그래머와 디자이너는 잘 싸운다
서로의 영역이 다르다고 생각하는 까닭이다

그런 예는 널려 있다
기획팀과 제작팀, 연주자들과 엔지니어, 엄마와 아빠…

더 이상 상처가 날 곳도 없군요. 그런데도 치료할 생각조차 안 들 정도로 엉망진창
입니다. 지금 제가 살아 있는 걸까요?

인간을 다른 동물과 다르게 살 수 있는 것은 단어 하나가 더 주어졌기 때문이죠.
In spite of(…에도 불구하고)!

결국 목적이 한가지라는 것을 기억하며 산다면,
싸움은 훨씬 줄어들 것이다

요즘 들어 주위에 부쩍 싸움이 많아진다
답을 확신하는 사람은
싸우지 않는다

끊임없이 설득시키려고 노력하고,
결국 설득시켜낸다

우리는 이런 사람들에게,
성공이라는 단어를 허락하는 것이다

실패의 우방은, 두려움이다
두려움의 주적은, 사랑이다

그래서
일을 성공하고 싶으면,
일을 사랑하면 된다

그러면
사랑을 성공하고 싶으면,
사랑을 사랑하면 된다?

말이 이상하잖아
그래서 사랑을 성공하기란 어려운 것이다

조크다

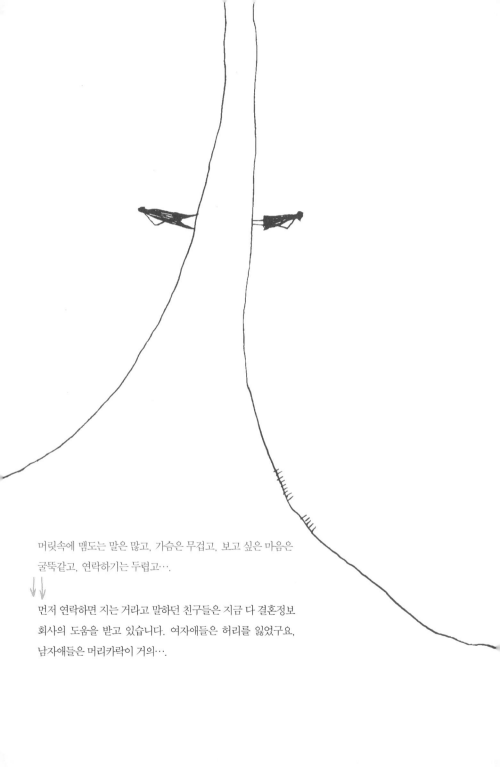

머릿속에 맴도는 말은 많고, 가슴은 무겁고, 보고 싶은 마음은
굴뚝같고, 연락하기는 두렵고….

먼저 연락하면 지는 거라고 말하던 친구들은 지금 다 결혼정보
회사의 도움을 받고 있습니다. 여자애들은 허리를 잃었구요,
남자애들은 머리카락이 거의….

여섯,

대중보다 설득하기 어려운 게
내 눈앞의 한 명이다

진심이 아니라면,

무조건
들키게 되어 있다

진정한 강함은
Yes보다는 No라고 하는 순간에 더욱 깔끔하게 판별된다

두려움과 상처 때문에,
무조건 내지른 다음 그 뒤로 숨는 No가 아니라
진심과 의지가 투명하게 드러나는 바른 No
그래서 상대조차 인정할 수밖에 없는 No

매일매일 그런 No를 연습한다

지칠 때도 있을 거란 말을 듣자마자 피곤이 몰려옵니다. 모든 일이 마음
에 들 수는 없겠죠. 평화주의자, 하지만 'No'라고 말해서 평화를 만들 수
있다는 말을 생각해보고 있습니다. 'Yes'라고 열정적으로, 'No'라고 냉
정하게 말하는 기술은 아직은 제게 우주 끝에서 끝만큼이나 아득한 일이
네요. 힘 좀 내야겠습니다. 일단 충분히 쉬고 나서요.

YES랑 NO만 잘 구분해도 인생이 참 쉬워요. 저도 말로만 잘 합니다.

진심은
여간해서는
제대로 전달되는 법이 없고
덕분에
우리는 자란다

먼저 삶에 충실해야 삶이 나에게 무언가 알려줄 것 같은데, 그 둘은 왠지
상충되는 것 같고. 그래서 잠시 생각한 결과 방황도 충실하게 하자, 말하
려다 이건 또 말장난 같고. 글을 다 써보니 이건 더….

방황이 목적이면 이상하지요. 원하는 일을 찾기 위해 열심히 살다 되돌아보
면 그게 헛 삽질이 될 수도, 제대로 우물 방향을 찾은 것일 수도 있구요.

구성애 아줌마가 그랬다
남자가 여자와의 사귐 가운데 제대로 성숙하게 되면,
세 가지 비밀을 깨닫게 된다고…

여자에 대해서
사람에 대해서
그리고
우주에 대해서

2000일이나 지난 주제에,
아직 여자에 대해서 반의반도 파악을 못한 나는,
가망이 없는 것일까?

하지만 나는 감사한다

최소한
사랑은 느낌이 아니라 자세라는 사실은
깨닫게 되었으니 말이다

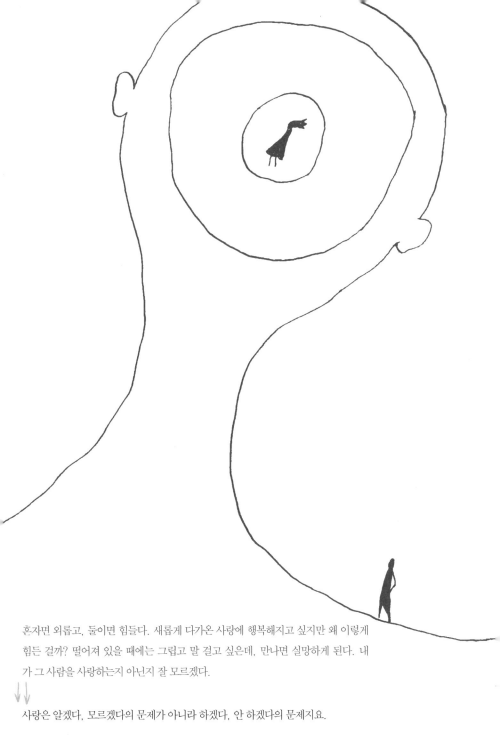

혼자면 외롭고, 둘이면 힘들다. 새롭게 다가온 사랑에 행복해지고 싶지만 왜 이렇게 힘든 걸까? 떨어져 있을 때에는 그립고 말 걸고 싶은데, 만나면 실망하게 된다. 내가 그 사람을 사랑하는지 아닌지 잘 모르겠다.

사랑은 알겠다, 모르겠다의 문제가 아니라 하겠다, 안 하겠다의 문제지요.

구준엽 근육의 비밀은, 스트레스 라고 한다
열받을 때마다 역기를 들었더니, 몸이 그 모양으로 멋져졌다는 거지

같은 맥락에서
내가 근육이 생겼다 풀렸다 하는 까닭은,
지나치게 낙천적인 인생관에 기인하는 것이 아닐까?
역시, 주름이 늘수록 변명도 는다

사실, 오늘은 정말 화나는 일이 있었거든
시속 10km로 30분 달려주고
벤치프레스는 80kg으로 5세트
아령은 12kg짜리부터 2kg짜리까지 무게를 줄여가며 2세트씩…

와~ 할 만한 날이긴 하지만
문제는, 근육 운동의 필수 조건인 이 절실한 기분이
내일이면 싹 풀려버린다는 점이다

게다가 과한 운동으로 불어난 근육을 보면서
기분이 풀리는 정도가 아니라 기분이 지나치게 좋아져버리는 거지
그러면서 자연스럽게 운동 강도가 줄어들고…
정말이지 어이없는 루프다

낙천적인 인생도
나름대로 어려움이 있는 것이다

자신감을 잃어가는 스스로를 봅니다. 특별한 이유라고 해봐야 모두 제
안의 문제이기에 제 탓이라고. 그러니 극복하면 되겠구나. 생각은 하는
데 그걸 극복할 자신감마저 저는 없는가 봅니다. 아니 노력조차 않는
제 자신을 보면서 한숨만 쉬고 있습니다. 그저 답답한 마음에요.

자신감은 '그냥' 가지면 되는 거고 스트레스는 '그냥' 안 받으면
되는 겁니다. 의외로 사는 건 쉽습니다.

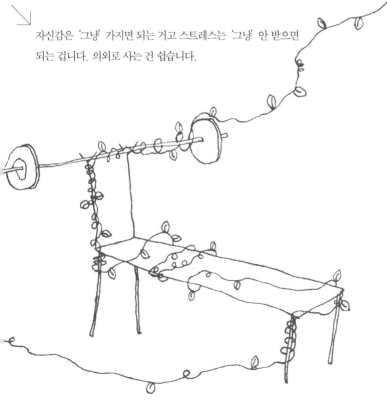

미꾸라지를 추어탕 집으로 배달할 때,
특히 장거리일 때는 많은 미꾸라지가 스트레스로 죽는다고 한다
그때 사용하는 것이 메기다

미꾸라지 물탱크에 메기 한 마리만 풀어놓으면,
미꾸라지들이 아무리 장거리를 이동하더라도 팔팔하게 살아남는다고 한다

당장 생사가 걸려 있는데, 스트레스가 생길 틈이 어디 있어?
일단 살아야 하잖아

내 물탱크에 메기를 풀다

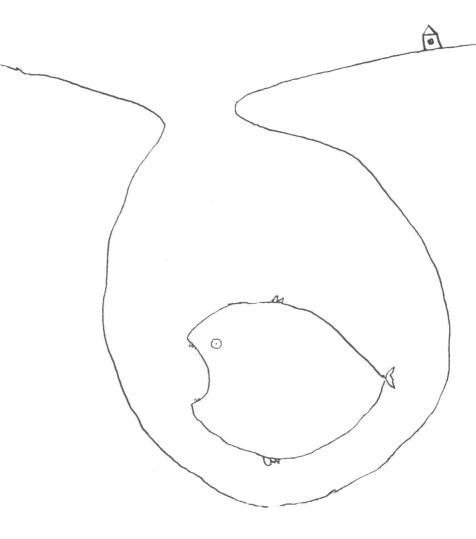

'사람을 믿을 수 없다'는 것보다 무서운 말은 없겠죠. 그럼에도 우린 매일 그 엄청난 말을 겉으로 또 속으로 무수히 하고 있는지도. 나만 그런가? 지금 저를 포함한 주위에서 일어나는 일들이 그래요. 사람이 자기 자신을 방어하기 위해 하는 행동은 어느 정도 용납될 수 있다고 보지만 그래도 사람이라면 최소한의 자존심은 있어야 한다고, 감히 말하고 싶네요.

속더라도 우선 믿어보는 거죠. 그렇지만 그 정도 경지까지 이르려면 속았을 때 닥칠 여러 종류의 위험을 감수할 만큼 여유가 있는 상태여야 하겠죠. 그래서 속는 게 두렵지 않은 사람들이 멋진 거예요.

자신을 설명하는 것, 귀찮지 않아?

상대 바꿔가며 자주 연애하는 사람들,
일단 그들의 체력과 열정에 경의를 표한다

많지 않은 세월이지만 나름대로 겪어오며 확신하게 된 것은,
마음은 아무에게나 열리는 것이 아니고
한번 열린 마음은 쉽게 닫히는 것도 아니더라

첫눈이 내리는 밤, 낮에 결혼식에 다녀왔더니 문득 연애가 하고 싶어져요.
외롭거나 허전하거나 한 건 아니지만요. - ㅅ -;;

연애를 하고 싶은 건지, 아니면 좋은 사람을 만나고 싶은 건지를 잘 생각해보세요.
그 확신이 먼저 서야 누가 와도 옵니다.

집으로

같은 영화를 두 번 보는 일은 정말 오랜만이다
어머니와 꼭 **함께** 보고 싶었던 영화

다시 한번 **확신**하게 된 것은
거짓 없는 사랑은 반드시 전이된다는 사실이다

사랑이 막히면
그 사랑이 나 자신조차 속이고 있는 욕심이 아닌지 확인해봐야 한다

사랑과 가장 헷갈리기 쉬운 것은,
의외로 욕심인 것이다

언젠가 둘이 데이트하던 날 알려주시더군요. "많이 생각하는 딸이 되거라" 하시며 이곳을.
몇 년이 흐른 지금에서야 하는 말이지만 그날 기분이 참 좋았답니다. 뭐랄까요, 이런 생각
과 마음이 담긴 공간을 아빠로부터 소개받았다는 사실 자체로 "우리 딸이 조금은 더 자랐
구나" 인정받은 느낌이었달까요? 요즘도 여전히 아빠 아빠대로 저는 저대로 열심히 이곳
을 찾습니다. 그리곤 가끔 이야길 나누곤 해요.

부녀가 함께 보는 웍슬로라… 감동이고 영광입니다.

아버지와 점심을 함께 했다
환상적인 전망을 가진 곳이었지만, 전망은 신경도 못 쓸 만큼 근사한 시간이었다

아버지의 군 생활을 들은 것이다
내가 직접 들은 얘기 중에, 이렇게 재미있는 건 처음이었다

남들이 웃돈 주고 간 월남을 어쩔 수 없이 가게 된 사연부터,
본의 아니게 탈영(!)한 얘기, 영창에서 반장 했던 사연,
그러다가 높은 넘을 모시게 된 경위…
하나하나가 예술이었다

분명히 옛날에도 해주신 얘기라는데 하나도 기억나지 않는 걸 보면,
그때는 재미가 없었던 것이다

나이가 들어가면서 감사한 일 중에 하나는,
누군가를 이해할 수 있는 폭도 함께 넓어진다는 것이다

지금은 이해할 수 없지만,
언젠가는 이해할 수 있는 상황이 올지 모른다

그때 부끄럽지 않도록,
부지런히 끄덕이는 습관을 가져야겠다

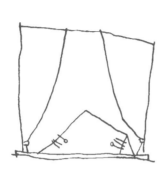

저 아빠랑 닮은 구석이 좀 많은 것 같아요. 당연한가? 사람 사는 게 다 비슷하다는 말, 정말 피부로 느껴요. 머리와 가슴, 손과 발까지 여러모로 깨닫고 하나씩 풀어내는 사람이 될래요.

정말 그래요. 주변에 극빈족부터(제가 그렇습니다) 수퍼 오렌지족까지, 양아치부터(제가 그렇습니다) 하버드 박사님까지 다 있는데, 생각이야 천차만별이겠지만 사는 모냥은 모두 대동소이합니다.

간만에 어머니와 통화를 하고 있는데, 갑자기 조셉을 바꿔주셨다
조셉은 인도에서 아버지를 도와주고 있는 총각이다

안부를 묻고 이런저런 얘기를 나누다가,
문득 오랫동안 잊고 있었던 표현 하나를 만난 거지
예전처럼 그는 웬만한 질문에는 전부 그렇게 대답했다

건강하니?
No problem

일은 잘 되구?
No problem

내년에 꼭 보자구
No problem

정말 내년에는 부모님이 계신 그곳에 꼭 갈 거다

그래서
거기에 놓고 온,
기분 좋은 두 단어를 꼭 찾아올 거다

진짜 갈 거지?
No problem

어디론가 여행이 가고 싶네요. 아주 멀리. 돌아왔을 때 "다녀왔어"
말하면 "어서 와" 하고 그 사람이 웃으며 맞이해주었으면!

가족이랑 친하게 지내시면 되겠습니다. 웃어넘겨주셔요. 오늘은 왜 이
렇게 장난이 치고 싶을까요?

사실 연애는, 균형이라는 단어와 함께 쓰기 어려운 것이다
하지만 역설적으로
연애하는 모습을 보면, 그 사람의 균형감각을 알 수 있다

그에게도, 그녀에게도,
연애하는 중에는 (심지어 자신조차 몰랐던) 기이한 현상들이 드러나기 시작한다
내게 좀 더 불편한 것은, 물론 내가 남자라서 그렇겠지만,
당연히 남자 쪽 광경이다

일을 잃고, 친구를 잃는다
한순간이다

거기서 멈추지 않고, (그 모든 희생의 원인이었던) 여자까지 잃는 경우도 있다
그 정도면, 폐인이 부럽지 않다

내게 연애는, 힘 좋고 오래가는 R배터리와 맥을 같이한다
손에 똥 묻혀서 서로 얼굴에 발라줄 때까지
오래오래 같이하는 것이다

윤심덕과 김우진처럼 끌어안고 현해탄에 뛰어들어봤자,
바다만 오염시킬 뿐이다

오래 사랑하려면,
안 넘어지고 잘 버틸 수 있도록 자세를 바로잡아야 한다
그걸 균형이라고 한다

오빠, 저 평생의 짝을 만났어요!

평생의 짝은 '평생'을 같이 산 다음에야 얘기할 수 있는 것!

내가 사랑하는 그녀에게 사무실에서 전화(당연히 몰래!)를 하려면
전화번호 몇 자리를 눌러야 할까요?

우선 내 사무실에서 외부 전화가 되는 라인까지 내선으로 이어지려면
6자리를 눌러야 한다
거기서 카드를 이용한 전화로 이어주는 라인까지 4자리를 더 눌러줘야 한다
다음으로 카드번호 7자리에다 비밀번호 4자리를 누르면
이제야 그 친구의 전화번호를 누를 수 있다
그 친구의 휴대폰은 당연히 11자리

32번의 push를 거쳐 나는 그 친구에게 가는 것이다
당연하겠지만 한 번만 잘못 눌러도 처음부터 다시 눌러야 한다
그러나 기쁘게 다시 누른다
한 세 번까지는…

쉽지 않은 길…
당신은 알까?

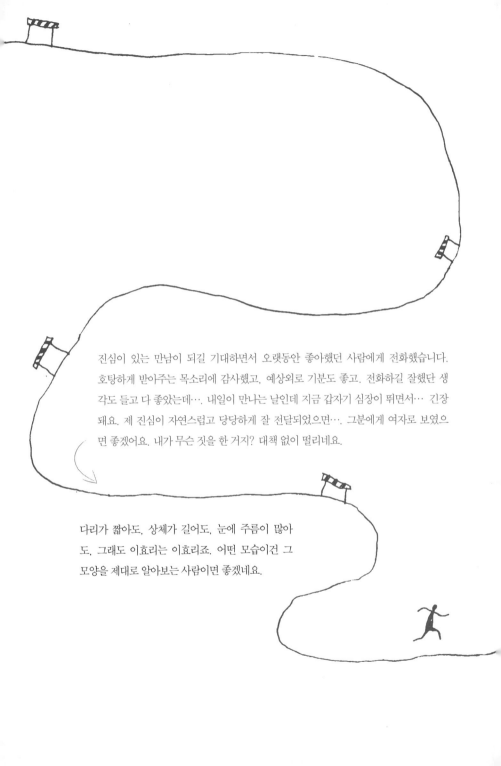

진심이 있는 만남이 되길 기대하면서 오랫동안 좋아했던 사람에게 전화했습니다. 호탕하게 받아주는 목소리에 감사했고, 예상외로 기분도 좋고, 전화하길 잘했단 생각도 들고 다 좋았는데…. 내일이 만나는 날인데 지금 갑자기 심장이 뛰면서… 긴장돼요. 제 진심이 자연스럽고 당당하게 잘 전달되었으면…. 그분에게 여자로 보였으면 좋겠어요. 내가 무슨 짓을 한 거지? 대책 없이 떨리네요.

다리가 짧아도, 상체가 길어도, 눈에 주름이 많아도, 그래도 이효리는 이효리죠. 어떤 모습이건 그 모양을 제대로 알아보는 사람이면 좋겠네요.

Walkslow's Poem

손톱을 깎다

내 몸의 일부가
뜯겨 나가는데
아프지 않다

당신,
나갈 때도
그랬으면 좋겠다

모양 좋게
이쁘게
그렇게

처음부터
끝까지
한 번에

일곱,

사랑이, 나를 좋은 사람 만들고
그렇게, 우리들 모두 좋은 사람 된다
세상은 그렇게 바뀔 것이다

눈물 참으며 묵묵히 걸어가는
내 인생에 건배!

Happy birthday to myself…

화해는,
또 사과는

잘못한 사람이 먼저 하는 게 아니고
더 많이 자란 사람이 먼저 하는 것이다

처음으로 누군가와 교제하게 되었습니다. 마냥 설레고 좋지만 언젠간 변할 감정에 의지하고 싶진 않아 어서 안정된 관계를 만들길 바랐습니다. 그런데 제가 원했던 걸 상대방이 먼저 얻은 것 같네요. 저만 서운해 하고 저만 아쉬워하고 이런 마음 표현 하는 것도, 저만. 혼자일 땐 답이 다 보이는 것 같더니 막상 제가 연애라는 걸 하니 장님이 된 것 같아요. 저도 좀 '쿨' 했음 하는데, 어렵네요.

어느 쪽이 먼저 좋아하고, 어느 쪽이 먼저 안정되고, 그게 뭐가 중요합니까? 서로 좋아하고 있으면 그걸로 된 거 아닙니까? 게다가 모든 시추에이션은 상대적이라 다 돌고 돈답니다!

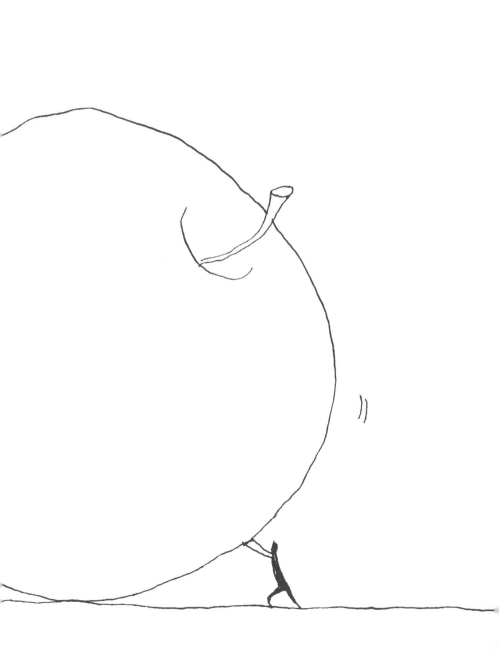

일찍 자는 게 먼저냐
일찍 일어나는 게 먼저냐
의 문제는

닭이 먼저냐
달걀이 먼저냐
하는 문제와 함께, 역사적인 난제 중 하나다

분명한 것은
일단 둘 중에 하나를 선택해야
나머지 하나까지 얻을 수 있다는 사실이다

그럼에도 불구하고
일찍 눈 감아지지 않는 나의 밤은
그리고
일찍 일어나야만 하는 나의 낮은
21세기형 자유업의 슬픈 로망이다

사람과 관련된 일이 생길 때마다 원망만 해왔거든요. 왜 내게 이런 일이 생기는 걸까? 하고. 어제 동생과 한참 얘기했는데 그러더라구요. 속이기 쉬운 순수한 사람이 되지 말라고, 그건 멍청한 거라고. "그 사람이 날 속여도 끝까지 믿어버리는 거, 그게 진짜 믿음이다." 이렇게 말한 건 제 어리석음에 대한 핑계라고 해야 하나? 전 알면서도 속아줬거든요. 그래도 제가 선택한 사람이라 많이 밉지는 않네요.

속아주기로 마음먹었으면, 끝까지 속아주기! 참아주기로 마음먹었으면, 끝까지 참아주기! 그게 믿음 아닙디까.

직업이 직업이다 보니, 제일 친한 툴은 역시 파워포인트
가끔은 일러스트도 쓴다
보면, 이 둘의 차이가 참 재미있다

원하는 영역을 그루핑할 때,
파워포인트는 원하는 개체의 전체를 둘러싸야 그루핑이 되는 반면,
일러스트는 선택 영역에 개체의 일부만 접해 있어도 그루핑이 된다

내게 일러스트의 그루핑처럼 엮여준 사람들, 참 고맙다
말하지 않아도 아는 사람들…
슬플 때 위로해주고, 쇼하면 웃어주고,
교만할 때 무시해주고, 언제나 함께 굴러주고…

돌아보면, 정말 기막힌 타이밍이었거든
너무 고마웠거든

나 역시, 그런 당신의 꿈과 비전에
일러스트의 그루핑처럼 깔끔하게 걸려들 테다

긴장하란 말이지

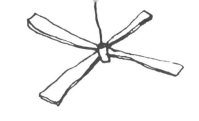

형을 보면 그저 너무 부러워요.

나도 다른 이들이 말하는 내가 부럽더라. 그는 누굴까?

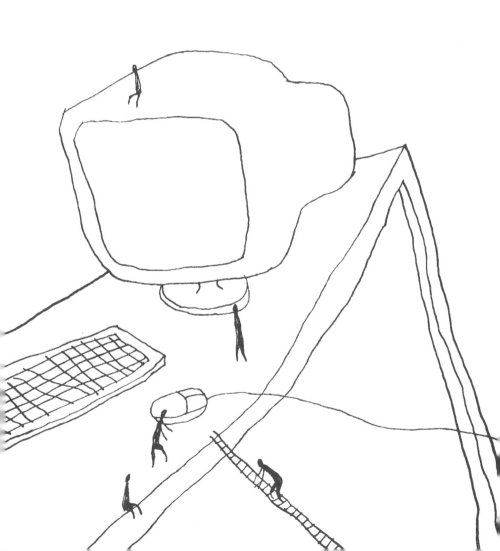

꿈은

소유가 아니라 존재로 성취해야 한다

가진 것으로 꿈을 이루는 것이 아니라
내 존재 자체를 꿈으로 이루어내야 하는 것이다

꿈이 10억 만들기라는 들을 보면,
같이 놀기도 싫다

어제까진 담담했는데 오늘 예비소집에 다녀와서는 살짝 얼어버렸어요. 준비도 많이
못했지만 꼭 배우고 싶은 것을 위해 진학할 수 있었으면 좋겠네요. 결혼을 꿈꾸는
친구들 사이에서 대학을 꿈꾸는 제가 불안하지 않다면 거짓말이겠죠. 답안지를 밀
려 쓴다거나 배탈이 나서 문제지를 못 푼다거나 하는 사고만 없었으면 좋겠어요. 차
라리 내일 이맘때가 빨리 왔으면.

아름다운 용기를 응원합니다. 필승, 이라 썼다가 최선, 이라 고칩니다.

하고 싶은 일, 어떻게 찾으셨나요? 곧 졸업이라 앞으로 뭘 해 먹고 살아야 할지 정해야 하는데 도통 하고 싶은 게 뭔지 모르겠어요.

하고 싶은 일은 찾는 게 아니지 않을까요? 하고 싶은 일은 그냥 하고 싶은 일이지요. 뭘 해 먹고 살아야 할지에 대해선 아직도 답이 없답니다. 전, 열심히 사는데 설마 굶겠습니까? 탑골공원의 돼지 비둘기들도 안 굶어 죽는 걸요.

만약 다른 일을 했다면

잘하지 못했을 거라고 말하는 A라는 사람과
만약 다른 일을 했다면
훨씬 잘했을 거라고 말하는 B라는 사람이 있다

둘 다 틀렸다

A는, 어쨌든 잘했을 거고
B는, 어쨌든 못했을 거다

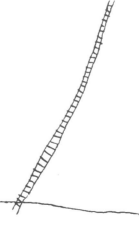

모 여성 잡지의 패션 담당 기자와 저녁을 먹었다
그 기자는 예전부터 친한 누나
촬영 건이 하나 생겼거든

근데 이번 일은, 내가 쭉 해오던 야매 프로세스가 아닌,
정식 프로세스를 밟아야 하는 프로젝트기에 미리 교육을 받은 셈이다
스튜디오를 어떻게 컨택하고, 스타일리스트와 메이크업은 어떻게 섭외하고,
모델 문제랑 기타 등등까지…
비용 문제는 즉석에서 전화로 알아봐주기도 했다
역시 전문가는 달랐다

처음 이 프로젝트에 대한 제안 요청을 받았을 때 누나가 떠오르지 않았다면
선뜻 수락하지도 못했을 거야

그 일을 할 수 있느냐 없느냐의 의미는,
그 일을 할 수 있는 사람을 아느냐 모르느냐의 의미와 크게 다르지 않다

혼자일 땐 둘이고 싶고, 둘일 땐 혼자이고 싶은, 이 무슨 못된 심볼까요? 오늘 부산은 '흐림'입니다. 그것도 어정쩡한 흐림. 술 한잔 생각나게 하는 흐림, 아픈 기억 떠오르게 하는 흐림, 혼자인 걸 서럽게 만드는 흐림, 그래서 누군가가 그리운 흐림. 이제는 정말 인연이 나타나줘야 할 때인 거 같습니다. 주말엔 구청도 쉬겠죠? 신청했던 여권, 찾으러 가야 하는데.

여권처럼 내일은 힘들더라도 모레는 가능하겠죠!

결국 돌아보면, 나 혼자서 해낸 일은 없었던 거다
누군가에게 배운 것들, 누군가 연결해준 것들,
누군가 도와준 것들, 격려해준 것들…
그런 것들이 모여 지금까지 일을 해 올 수 있었던 거지

가오로 살던 시절,
심지어 거부하기까지 했던 그런 도움과 위로에 대해,
요즘은 생각이 완전히 바뀌었다

얼마나 멋진 세팅인가?
혼자 힘으로 할 수 없다는 것

기사 식당은 나 같은 한 마리 들개에게 꽤 훌륭한 곳이다
일단 기사 식당이라면, 음식이 평균은 넘고,
게다가 혼자 가더라도 전혀 어색함이 없거든
한 테이블에 앉은 네 명이 전부 따로 온 경우도 있단 말이지

개인마다 쟁반이 하나씩 나오는데
꾹꾹 눌러 담은 밥에 우거짓국이 기본이고,
조미료가 거의 안 들어간 밑반찬이 네 가지,
거기에 분위기 좋으면 계란말이도 서너 개 들어가 있다

오늘 주문한 메뉴는 홍어 무침
배가 고팠는지, 얼른 한 그릇을 비웠다
두 그릇째는 요령이 있다
한 그릇 더 주문하지 말고, 먹던 밥그릇을 내밀며, 애교 넘치는 목소리로
아줌마(손님 많으면, 누나) 밥 조금만 더 주세요
알면서 넘어가는 분위기니까, 그렇게 불쌍한 표정은 지을 필요 없다

당당하게 당당하게
그리고 가뿐하게 4,000원

30년간 밥을 한 주부도 이따금 진밥을 짓는 걸 보면 삶엔 '완벽'이란 없나 봐요. 이제 입사 2년차인 제가 실수하고, 그 실수로부터 도망치고 싶은 건 당연하겠죠? 하지만 겸허히 결과를 받아들이고 실수를 반복하지 않으려는 노력도 필요하니까. 투쟁과 결과를 존중할 수 있는 용기를 가지려면 어떻게 해야 할까요?

용기를 가지는 가장 좋은 방법은 용기를 가지는 것입니다. 용기를 가지지 못하는 가장 큰 이유는 용기를 가지지 않아서입니다.

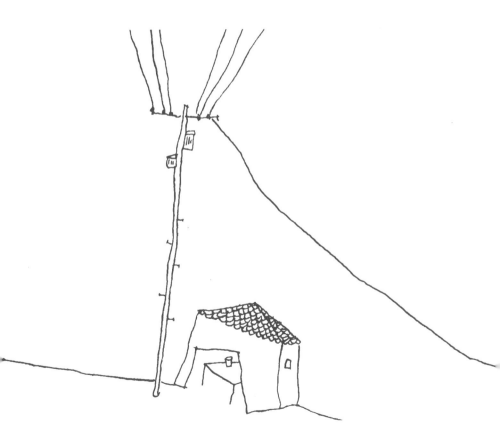

잘 만든 마끼와 그렇지 않은 마끼의 차이점은,
끝까지 먹어보면 알 수 있다

대강 만든 마끼는, 밥 위에 날치알을 얹어놓기만 해서,
윗부분만 먹고 나면 김이랑 밥만 먹게 된다
반면에 신경 써서 만든 것은, 밥과 날치알이 나란히 말려 있어서,
몇 입을 베어 물어도 마끼가 충무김밥으로 변신하는 불상사는 없다

요즘 내 인생을 보면, 딱 마끼다
대충 만든 마끼

이봐
잘 좀 말지 그래?

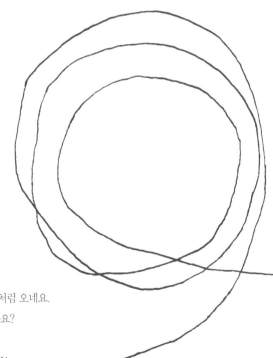

힘든 일은 꼭 줄줄이 비엔나소시지처럼 오네요.
중간에 좀 끊었다 먹을 수는 없을까요?

우선 머스터드 소스부터 찾아봅시다!

어제는 간만에 잠을 설쳤다

나는 굉장히 쉽게 잠이 들고 또 세상모르게 잘 자는 걸로 유명하다
게다가 체온이 높아서 주위에 있는 사람까지도 잘 재우는 걸로 유명하다
그런 내가 어제는 잠을 설쳤다

머리가 너무 복잡해져서 그랬던 것 같다
지나치게 잔머리를 굴리다 보면 가끔 이런 식의 고장 상태가 오는 것이다

해결책은,
엉켜 있는 정보들을 하나씩 분류하고 정리하는 것

윈도우의 디스크 정리나 조각 모음 같은 기능이 내게도 있었으면 좋겠다
엉킨 정보나 복잡한 인간관계는 조각모음, 아픈 상처 따위는 정리
아름다운 기억만 바탕화면에 멋지게 깔아놓을 수 있다면 얼마나 좋을까?

올라가려다 그만 실패했어요. 요즘엔 시간을 낭비하는 것에 대해 열심히 공부하고
있죠. 이런 건 좀 더 일찍 깨닫는 게 좋았을 텐데. 그래도 아직 젊으니까!

시간을 아끼는 법은 오직 시간을 낭비하면서만이 깨달을 수 있더라구요.

곰곰 생각해보면, 그렇게 좋은 생각만은 아니다
<mark>슬픔</mark>도, 고통의 기억도, 필요한 순간이 있는 것이다

슬픔은
발가락 습진이랑 비슷한 거야

군바리 시절, 처음으로 습진이란 게 생겨봤어
발가락의 살들이 허물로 변신하더니 슬슬 밀려오잖아

간질간질해서 한번 긁어봤는데, 정말 시원한 거지
살들이 벗겨지면서 피가 맺히는데도, 계속 시원하더라
그 짧은 쾌감이 발을 망치는 거지

가만히 두고, 바람을 통하게 하면,
금방 낫는 건데 말이지

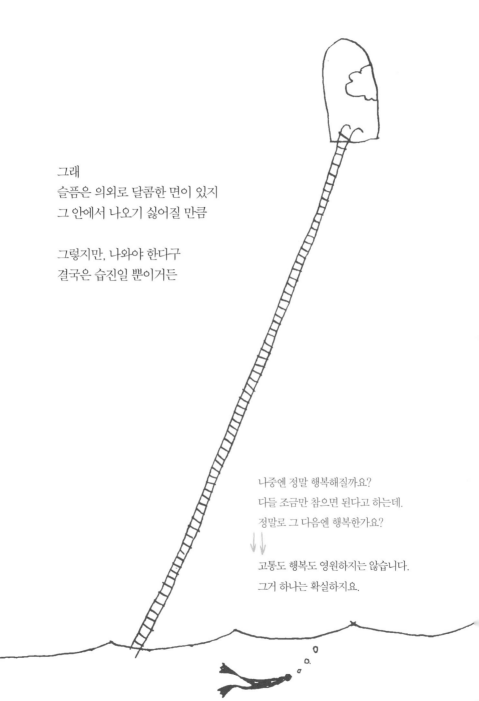

그래
슬픔은 의외로 달콤한 면이 있지
그 안에서 나오기 싫어질 만큼

그렇지만, 나와야 한다구
결국은 습진일 뿐이거든

나중엔 정말 행복해질까요?
다들 조금만 참으면 된다고 하는데.
정말로 그 다음엔 행복한가요?

고통도 행복도 영원하지는 않습니다.
그거 하나는 확실하지요.

여덟,

사람은
좀처럼 변하지 않고
그게 다행인 경우도 많다

이번 부산 여정은
비행기도 기차도 없어
버스를 탈 수밖에 없었다

난감한 6시간,
인 줄 알았던 그 시간은
간만에 생긴
'가만히 생각하는 시간' 이었다

새로 준비하고 있는 프로젝트를 정리하고,
옛날 친구들, 동네 생각, 기도도 하고,
마침내 달콤한 꿈까지 꾸었다

목적지만 중요한 게 아니더라
가는 길도,
소중한 거더라

결국 '제 기도를 들어주시지 않아 감사합니다' 는 고백을 했어요. 제 뜻대로 할
수 없어 행복하고 평안한 순간들입니다.

저도 가끔 그런 고백을 하게 됩니다. 내 욕심을 무시해주셔서 감사하다는.

보면, 아이스크림 앞에 놓고, 기도 오래 하는 사람 꼭 있어요
기도는 대화잖아요
기도 중에 하느님 말씀 안 들리세요?

아들아 아이스크림 녹는다, 기도 그만 하고 얼른 먹어라

진짜 웃긴 설교였는데
종일 나를 진지하게 만들었다

괜찮을 거야. 괜찮은 거야. 이게 인생, 혹은 운명일
지도 모르잖아. 괜찮은 거지. 잘 모르는 게, 그게
인생이겠지. 십 년이 지나면 아니 일 년, 한 달이
라도 지나면 정말 괜찮을 거야.

괜찮을 거야, 자꾸 말하다보면 진짜 괜찮을까, 의
심이 납니다. "이미 괜찮다" 말해보세요.

나는 인도만큼 아름다운 여인들이 많은 나라를 본 적이 없다

진짜 이쁘다 와, 하고 있으면, 더 예쁜 여자가 그 뒤로 지나간다
저 이상은 예쁘기 힘들겠다,
하고 입을 벌리고 있으면 그 뒤로 더 예쁜 여자가 지나가는 것이다

놀라운 나라였다 정말

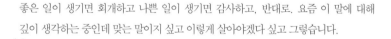

좋은 일이 생기면 회개하고 나쁜 일이 생기면 감사하고, 반대로. 요즘 이 말에 대해
깊이 생각하는 중인데 맞는 말이지 싶고 이렇게 살아야겠다 싶고 그렇습니다.

즐거움도 슬픔도 제대로 느끼지 못하는 인생이 과연 행복한 걸까 하는 생각, 요즘 자주
합니다. 냉정해진다고 없던 재능이 생기는 것도 아니고 말이죠. 노력하면서도 인생의
많은 비밀들을 풍부하게 누리며 살기 위해, 많은 노력을 하고 있는 요즈음이네요.

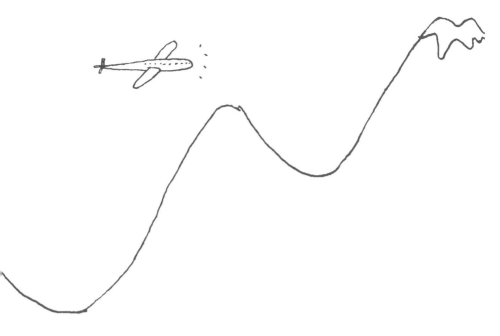

비단 아름다움뿐만 아니라, 재능도 마찬가지일 것이다

조훈현 뒤에 이창호가 나왔고
잭 니클라우스 뒤에 타이거 우즈가 나왔다

재능 만 믿고 살다가 부끄러움당하지 말자, 가 오늘 일기의 주제다

까미유 끌로델이 그랬단다

너의 **재능**이 새로운 것이라면
너는 몇 안 되는 지지자와 수많은 적을 가지게 될 것이다
그러나 실망하지 마라, 지지자들이 승리하니까
왜냐하면 그들은 왜 자신이 너를 좋아하는가를 알고 있거든
하지만 적들은 네가 왜 자신들의 마음에 거슬리는지 알지 못해
그들은 지속적인 정열 없이 바람 부는 대로 흘러갈 뿐이지
자, 이제 생각해봐
너의 재능이 세상을 어떻게 변화시킬 수 있는지를

까미유 끌로델의 재능이 새롭다고도,
그렇다고 내 재능이 그녀보다 낫다고도 생각하지 않지만
살아오며, 적이 없다기보다는 적이 꾸준하게 있는 쪽이었다, 나의 인생은

정말이지 변화무쌍한 20대 후반을 보내고 있습니다. 새로운 일을 시작한다는 건 어떤 걸까요? 설레면서도 귀찮고 또 어렵기도 하고. 2년 전 정말 치열하게 살았던 시절로 돌아가고 싶네요. 그때 너무 열정적인 1년을 보내서 그런지 몸도 좀 망가지고 그 후유증이 아직까지. 다시금 열정에 불타는 제가 되었으면 좋겠습니다. 자극제가 필요한 걸까요? 아님 자기최면이 부족한 걸까요?

열정적인 1년을 보냈다고 몸이 망가지고 후유증까지 왔다면 답은 딱 하나입니다. 이런 대답은 오직 이곳에서만 들으실 수 있을 거예요. 반성하세요!

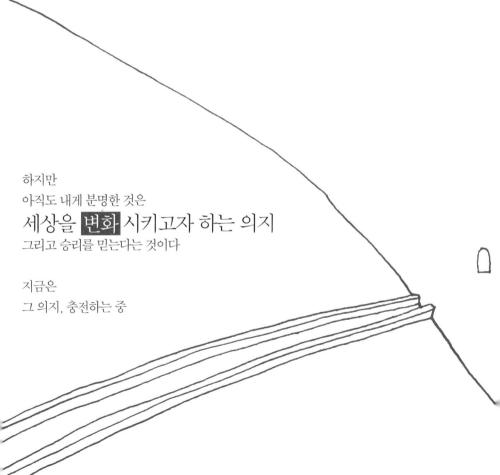

하지만
아직도 내게 분명한 것은
세상을 변화 시키고자 하는 의지
그리고 승리를 믿는다는 것이다

지금은
그 의지, 충전하는 중

돌아보니 결정적인 순간에는 일본 드라마가 있었구나
몇 편 보지도 않았는데
창업을 결정했던 때에는 지수가 추천한 「사랑의 힘」이
정말 힘이 되어주더니
지금과 같은 **변화**의 시점에
「프라이스리스」를 보게 된 것도 우연만은 아닐 것 같다

내가 누린 모든 것들은
사소한 것들조차
모두 감사와 사랑이 깃든 것이었다

기무라 타쿠야를 보면서, 내내 기분이 좋았다
극 중 역할뿐만 아니라, 실제 인간으로도, 배울 점이 많은 것 같다

누군가를 판단하는 건 누구의 몫일까요?

판단하는 사람의 몫이겠지요. 고상한 질문에 저질 답변인가요?

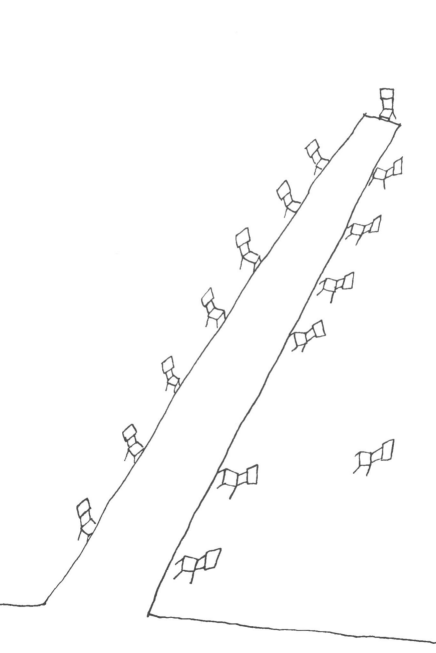

케말 교수는 우리 또래였다
그는 우리의 친구가 되고 싶어 했다
하지만 우리들 상당수에게 가을학기는 전장처럼 살벌했다
우리는 친구 같은 교수를 원치 않았다
우리들에게 갈 방향을 일러주고
그리로 인도할 수 있는 믿고 기댈 만한 야전사령관을 원했다
예거 교수는 냉정하고 무자비했으며 시계처럼 정확했다
하지만 우리는 그가 기댈 수 있는 사람이라는 것을 알았다
그 학기가 끝날 무렵 우리는 예거에 대해
미군들이 패튼 장군에게 느꼈던 것과 같은 애정을 느꼈다
우리는 그 개자식을 사랑했던 것이다
–피터 로빈슨, 『스탠퍼드 MBA』 중

내가 리더를 맡게 될 때마다 반복해서 읽는 책의 구절이다

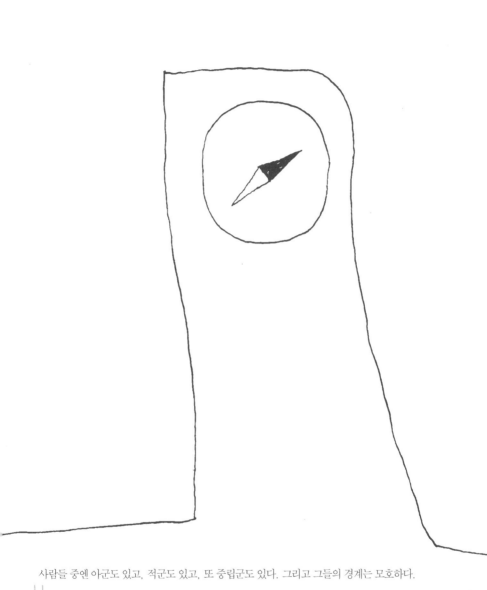

사람들 중엔 아군도 있고, 적군도 있고, 또 중립군도 있다. 그리고 그들의 경계는 모호하다.

↓↓

전 상처를 받더라도 아군을 챙기는 쪽으로 갑니다. 아, 물론 적군에게는 미안하게 되었습니다.

어릴 때 읽었던 책 중에 야구 선수 베이브 루스의 전기가 있었다
그 책의 중간쯤, 그가 프로 선수가 되는 장면에 나왔던 말이 문득 떠올랐다

정말, 내가 좋아하는 일을 하면서도 돈을 받을 수 있나요?

전기 작가가 지어낸 말이든, 고증을 거친 대사든 상관없다
나는 아직도 이보다 순수한 직업관을 들어본 적이 없다
어쩌면 나는 정말 중요한 것들은 도리어 잃어버리며 자라왔는지도 모르겠다

오늘 새벽을 지키면서 이런저런 생각을 했다
최근 내게 벌어지고 있는 일련의 사건들
그리고 불안하지는 않지만, 그렇다고 확실하지도 않은 미래…

그런 복잡한 생각 속에 허우적거리는 내게,
갑자기 어릴 때 읽었던 책의 한 구절이 손을 내민 것이다

그래, 그런 마음이야… 하는 생각이 들었다
좋아하는 일을 하면서 (먹고살 만큼) 돈을 받을 수 있으면…
그거면 된 거 아닌가?

도서관에서 다섯 권의 책을 빌렸는데 오늘 따라 유난히 앞의 네 권이 줄줄이 지겹더군요.
마지막으로 집어든 책이 '윅슬로 다이어리'! 주로 스토리가 있는 책을 읽지만 이 책, 참
재밌게 읽었습니다. 읽는 내내 생각도 많이 한, 소중한 시간이었습니다.

제 책이 줄을 잘 섰군요. 이게 다 앞의 네 권 덕분입니다.

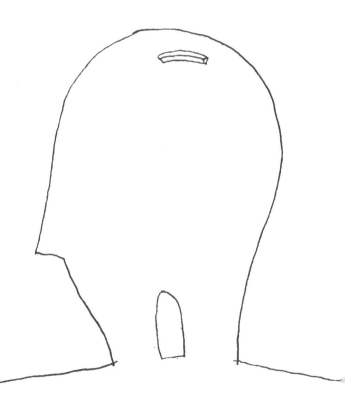

집보다 더 좋은 곳
부모보다 더 날 보살펴준 곳이 여기였단 걸

성매매법 시행에 반발하며 자살 기도한 종업원의 유서를 뒤늦게 읽었다
읽는데 뭔가가 울컥 올라왔다
그녀는 자신의 몸을 팔아 돈을 버는 포주를 변호하고 있었다

스물다섯 살 아가씨에게 그보다 나은 삶이 있다고,
자신 있게 제시해주지 못하는 사회가 과연 바른 사회인가

이런 게, 일본에게 축구 지는 것보다 백배 더 부끄러운 사건이다
다 같이 머리 박자

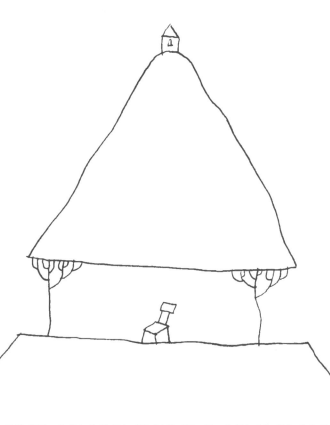

인생이라는 게 연습이 있다면 어떨까요? 지금 나는 진짜인 다음 삶을 위해 연습하고 있는 거라면 말이죠. 진짜 사랑하는 사람을 만나기 위해 그와 연습을 하고 있는 거라고….

인생이 또 있다면 저는 이렇게 안 살 거예요. 근데, 이미 이렇게 살고 있으니까 인생이 또 있으면 안 돼요.

달밤

달
등에 지고
조용히 걸어간다

지독하게
앞서 가는
또 하나의 검은 나

아찔함에
고개 돌려
반대로 걷다 보면

뒤에서
느껴지는
지겨운 슬픔

그런 밤
내 안의 슬픈
달

아홉,

내가 둘이었으면
할 때가 있다

하나로,
다른 하나를
꼭 안아주게

나이가 많다고
어른이 아니다

어른이 된다는 것은
일관성의 문제다

말과 행동이, 저번의 말과 이번의 행동이,
그리고 이전의 삶과 이후의 삶이 일관성을 보이기 시작할 때,
그때 비로소 어른스럽다고 말할 수 있는 것이다

다 지나고 보니 큰 욕심이 많았던 것 같아 제 자신이 더욱 초라해지네요. 어른이
되고 싶습니다. 아픔에도 초연할 수 있는… 진짜 어른

⇓ ⇓

매사에 초연하면 그게 사람입니까. 슬픔이 지나면 기쁨도 오니까 우리는 더욱더
열심히 견뎌보아요.

어른이 없는 세상 이다

예민했던 사춘기 시절, 어른이 되기를 두려워했었는데
지나친 고민이었다

어른이 되기란 쉽지 않은 것이다

세상에는 시비是非의 세계와 이해利害의 세계가 있다
라고, 정약용 선생이 쓰셨다

이걸 매트릭스로 만들어보면
1 바른 의지와 이로운 결과
2 바른 의지와 해로운 결과
3 그른 의지와 이로운 결과
4 그른 의지와 해로운 결과

더 쉽게 정리해보면
1 영웅
2 삽질
3 재수
4 쪼다

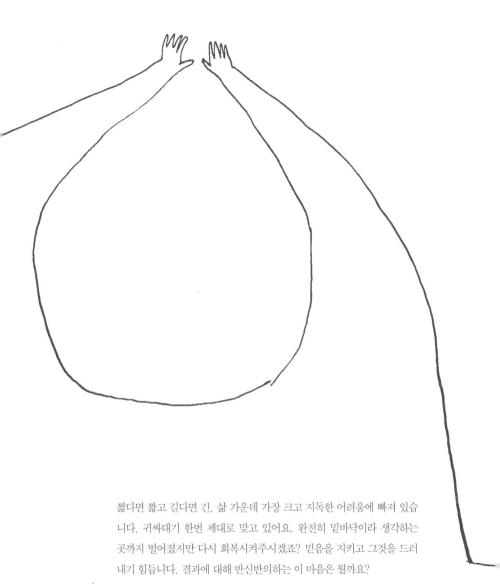

짧다면 짧고 길다면 긴, 삶 가운데 가장 크고 지독한 어려움에 빠져 있습니다. 귀싸대기 한번 제대로 맞고 있어요. 완전히 밑바닥이라 생각하는 곳까지 떨어졌지만 다시 회복시켜주시겠죠? 믿음을 지키고 그것을 드러내기 힘듭니다. 결과에 대해 반신반의하는 이 마음은 뭘까요?

귀싸대기 맞은 걸로는 둘째가라면 서러운 전문가로서 한 말씀 드리자면, 가끔 맞으면 정신도 바짝 들고 혈액순환도 잘 되고….

컴퓨터를 쓰다 보면, '마법사'를 자주 만난다
사용자들의 루틴을 파악해,
결과물을 최대한 빨리 도출시키기 위해 등장한 것이
바로 이 '마법사'일 것이다
물론 고맙지…

그런데 오늘도 우연히 이 '마법사'의 도움을 받으면서,
이상한 기분이 들었다

내 선택이, 왜 남에 의해 제한받아야 하지?
왜 다섯 개밖에 제안받지 못한 거지?

문득 아쉬운 생각이 들었다

어쩌면 우리의 인생도 이렇게 계속 제한되는 게 아닌지 모르겠다
직업의 개수는 점점 늘어나고 있지만
인생의 개수는 줄어들고 있는 게 아닐까?

보이지 않는 '마법사'에 의해,
우리들 인생의 넉넉한 옵션들이 통제되고 있는 건 아닐까?

"너 정말 쑥맥이구나" 하는 얘길 듣게 되었어요. 그런데 괜스레 기분 좋아지는 이유는
무엇일까요? 이미 많은 것을 아는 나이라 생각했는데…, 저도 모르게 '쑥맥 같은 짓'
이 나왔나 봐요. 더 많이 경험하고 알아나갈 일들이 아직 많은가 봐요.

알수록 경이로운 세상 아니던가요? 누가 만들었간디!

돌아보면
한심했던 선택이 많았다
현명했던 선택보다 훨씬 더

어쨌거나 선택은 내가 했고
그 선택에 따라 흘러가는 이 인생이, 이 박자가 흥겹기로 작정하니

되었다 이만하면

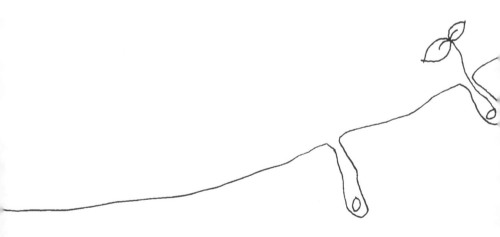

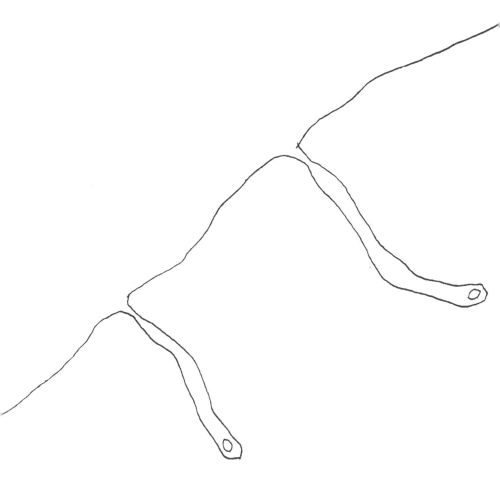

즉각적 즐거움을 잘 이겨내는 게 진짜 즐거운 인생을 사는 길이란 생각이 드네요.

이렇게 써놓고도 몇몇 즉각적 즐거움을 살짝 미루는 게 어찌 그리 속상한지.

당장 누려도 되는 즐거움과 유보할 즐거움을 구분하는 게 제일 어려운 법이죠.

많은 사람들이 나를 부러워한다
내가 많이 가진 사람처럼 보이나 보다
쥐뿔도 없는 것이 있는 척했다고 야단맞겠다
사실은, 당장 요 몇 년만 봐도 꼬인 게 분명한 내 인생이다

부모님은 연락도 없고
다 늦어서 다섯 살 어린 형님들 모셔가며 이 바닥에 데뷔했고
어린 여동생은 훌러덩 시집 가버렸고
대통령상 후보에 올랐다고 자랑 다 해놨는데, 결국 미끄러졌고
도메인 사겠다는 넘은 소식이 없고…

그럼에도 불구하고,
나는 거의 대부분의 시간, 행복하다

내가 아는 '행복' 이라는 단어는, '자세' 에 대한 미래형 명사다
지금 가진 것이 아닌, 미래의 가질 것으로 측정된다는 말씀
그리고 분명히 그 상상은 현실이 된다

나는 그것을 믿기에 행복한 것이다

행복이,
양팔 벌리고 맞이할 준비를 마친 내게
오지 않는다면
대체 어디로 간단 말인가

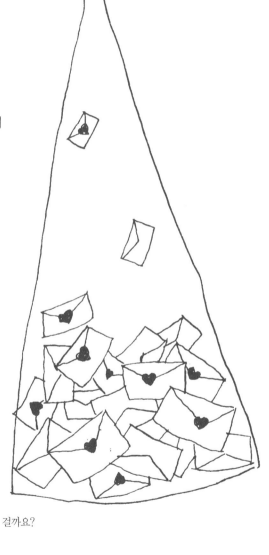

주말 잘 보내셨나요. 비가 많이 내릴 거래요.

비 오는 거 좋아하세요?

비는 통창 안에서 내다보는 비만 좋아합니다.

나설 때 그쳤기를 바라구요. 전 너무 이기적인 걸까요?

후임을 데리고 외출을 나갔다
녀석에게는 석 달 만의 첫 바깥구경이다
원래는 금지된 일이지만, 규칙 따윈 나를 막기에 역부족이었다
그넘을 데리고 돌아다니며 이런저런 일처리를 가르치는데,
갑자기 그넘이 울먹거린다

나 : 왜 그래?
그넘 : 길거리를 걷는 게 이렇게 행복한 일인지 몰랐습니다… 꺽꺽
나 : 뚝… 씨바… 뚝

빨리 데리고 돌아가야겠다는 생각에, 대강 일을 마무리하고 중국집에 데려갔다
원래 갈비나 목살을 먹으려고 했는데, 3개월만의 첫 외식에는
아무래도 짜장면이 최고일 듯해서 그리로 간 것이다
아니나 다를까…
그넘은 내가 나무젓가락 결 고르는 사이, 짜장면 곱빼기를 원샷했다

나 : 더 먹을르…
그넘 : 잘 먹겠습니다~
나 : 아줌마 여기 ㅌ…
그넘 : 월급 타면 갚아 드릴 테니, 곱빼기 하나 더 먹으면 안 되겠습니까?

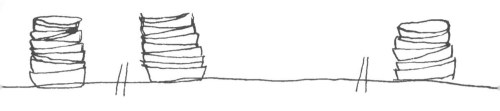

결국 그넘은, 짜장면 곱빼기 두 그릇을
내가 한 그릇도 비우기 전에 끝내버렸다
더 놀라운 것은, 단무지는 손도 대지 않았다는 사실…
그넘이랑 이 바닥 을 떠서 서커스단을 조직하고 싶은 욕구가 막 쏟아졌다

그넘이 먹고 있는 모습을 보고 있자니, 지난날의 내 모습이 떠올랐다
나도 그랬을 것이다, 분명히

기다리면 탕수육을 먹을 수 있었는데,
눈앞의 짜장면에 무너져버리는…

더 좋은 것이 준비되어 있는데, 눈앞의 즐거움에 저항하지 못하고,
더 큰 것을 포기해버린 것이다

차분해야 한다
눈 크게 떠야 한다
조금만 기다리면 탕수육이 나올 것이다

우울한 하루를 보냈어요. 나도 잘나가는 사람이고 싶은
데 기회는 언제쯤 오려는지. 전 언제쯤 그들처럼 여유란
걸 갖게 될까요? 오늘 따라 그 여유가 부럽습니다. 꼭
성공해서 마음속에 있는 거 다 해야지!

기회는 기다리는 사람에게 오는 게 아니라 찾아가는 사
람에게 안깁디다. 정말 그럽디다.

아무리 후진 건물이라도 밖보다는 안이 따뜻하다

내가 생활하는 이곳은 일반인들이 상상하기 힘든 시스템을 자랑하는데
그중 하나가 30분 간격 온도 파악이다

오늘 새벽 다섯시를 예로 들면 밖에는 영하 6도, 안에는 영상 20도였다
뭐 이런 걸 조사하나 싶지만, 이 바닥은 의외로 굉장히 예민한 구석이 있는 것이다
아무튼 결론은 밖보다는 안이 따뜻하다는 얘기다

인간도 마찬가지일 것이다
겉으로 보이는 모습이 아무리 차가워 보이더라도,
그 내면은 어쨌든 그보다는 따뜻할 거라는 생각

각기 다른 모습의 사람들이 만나 다른 방식의 커뮤니케이션을 가지고 소통하고 이해시키며
주어진 일까지 하려니 보통 일이 아니구나, 생각되는 한 주를 보냈습니다. 직업 특성상 이 시
점이 한창 바쁠 때라 진심이 전해지기는 더 힘들죠. 팀워크, 무엇이라 생각하세요?

팀워크는 '같은 뜻'을 가진 사람들이 '함께' 일하는 것이겠지요. 팀워크에 문제가 생긴다면
뜻이 다르든지, 함께 하기 싫은 거든지, 둘 중 하나겠네요.

문을 열고 그 사람의 안으로 들어가게 하는
마법의 열쇠가 있다면 참 좋으련만…
그런 건 아직 없다
그래서 우리들은 술을 사랑하게 되는지도 모르겠다

멋지게 늙는다는 건,
술 없이도 다른 사람들의 깊은 구석까지
쑥쑥 잘 들어간다는 말과 같은 의미일 수도 있겠다는 생각이 든다

회사도 집도 번호 키를 사용한다
가끔 다른 사람에게 번호 알려줄 일이 생기는데,
그때마다 쩔쩔매곤 한다

분명히 문은 열어왔는데, 내 입은 숫자를 말하지 못하는 것이다
그럴 때는, 휴대폰의 키패드를 눌러보면서 숫자를 찾아내곤 한다

숫자를 기억하는 것은,
어쩌면 머리가 아니라 손가락이고
손가락이 기억하고 있는 것은,
어쩌면 숫자가 아니라 키패드 위를 움직이고 또 누르는 순서일 것이다

머리가 아니라 몸으로 기억되는 것은,
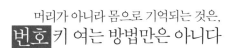키 여는 방법만은 아니다

숫자도 못 외우는 주제에
어쨌든 열려줬던 그 문 앞에서,
그 칠흑 같은 추억 뒤에서, 나와 너는 자주 참담하다

열려라 씨바 참깨

'아픈 만큼 성숙해진다' 는 말은 '보다 성숙해지기 위
해서는 아플 수밖에 없다' 는 말과 같은 걸까요?

국어학적으로는 모르겠지만 성숙하는 과정이 아프다
는 얘기에는 다들 공감할 것 같습니다.

원래 내 전화번호를 가지고 있던 사람은 대체 뭐하는 사람이었을까?
정말 궁금한 요즘이다

김 사장님 아니세요?
카드 한도를 넘으셨습니다
저 미영인데요…
계약 때문에 전화 드렸습니다
저희 가게에 이번에 새로 아가씨가 들어왔는데…
오빠, 나야…

아주 복잡한 인간이었음에 틀림없다
호색에 돈을 펑펑 쓰며 놀다가… 빚지고 도망간 김 사장님…
그의 번호가 내게 넘어온 것이다

웬만하면 안 바꾸겠지만
부득이한 일로, 만약 내 번호가 다른 사람에게 넘어간다면,
그는 어떤 전화를 받게 될까…

그 전화로 그의 인생이 바뀔 수 있다면 좋겠다
그런 인생이라면,
참 좋겠다

가끔씩 종교인들이 이해 가지 않을 때가 있다. 호화스런 교회나 절들을 보고 있자면
저게 과연 예수와 석가의 뜻이었을까, 하는 의문이 들 때도 있다.

가끔씩 부자들이 이해 가지 않을 때도 있지요. 호화스런 주택을 보고 있자면 그게 과
연 우리 서민의 뜻인지 의문이 들 때도 있구요… 좀 이상하죠? 아 물론, 쓸데없는 데
돈 쓰는 교회나 절을 옹호하는 건 절대 아닙니다!

지난 4일간 후임이 교육받으러 갔었다
가기 전에 나는 녀석에게 돈을 꿨었다

이 바닥은 현금지급기도 없고, 카드도 안 받는 터라,
나같이 현금을 귀찮아하는 사람들이 살기 힘든 것이다
아무튼 돈을 빌리는 걸 싫어하는 나는 4일 내내 찜찜했다

방금 녀석이 돌아왔다
씩씩한 모습으로 돌아와서 내게 신고를 하고 경과를 보고하는데,
나도 모르게 말을 끊고, 녀석에게 받으라며 빌린 돈을 덥석 쥐여주고 말았다
순간 녀석의 얼굴에는 실망의 빛이 보였고, 나는 실수를 깨달았다
녀석은 뭔가 설명하고 싶어 했는데…

나는 커뮤니케이션에 실패한 것이다
4일 동안 뭔가를 배운 녀석이 하고 싶은 얘기에는 관심이 없고,
내가 빌린 돈에만 신경 썼던 것이다

헤어진 남자친구를 만났습니다. 저는 아직 감정이 남았는데, 그는 저와 헤어진 후 만난 여자를 못 잊고 있더군요. 그녀는 미련이고, 전 친구로 남고 싶은 건지. 고백하고 싶고, 잡고 싶은데 한번 접었던 사랑, 그놈의 자존심 때문에. 그의 마음속에 내가 없다는 게 속상해 옆에서 지켜보기만 합니다. 인연이란 뭘까요? 이미 나에 대한 사랑이 식은 그를 이제 그만 포기해야 할까요? 다른 사람이 다가와도 그 마음을 받을 수 없습니다, 그가 있으니까요. 내일이 그의 생일인데, 맘껏 축하해주고 싶은데, 그렇게 하지 못하는 게 너무 힘들어요.

우선 마음껏 축하해주세요, 생일이잖아요. 관계에 있어 가장 중요한 것은 대화인 것 같아요. 말하지 않아도 아는 건, 초코파이뿐입니다. 좋아하면 좋아한다고 얘기하세요. 두려워서 속 시원히 말하지 못하는 관계라면 다시 시작한다 해도 금방 재미없을 거예요.

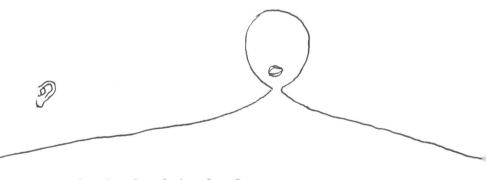

우선 귀 기울일 것
그 다음에 내 얘기를 생각할 것

오른발 내디디며 실수하고
왼발 차례에 그걸 회개한다

걸음걸음,
박자가 아주 예술이다

마지막 걸음이
왼발이었으면 좋겠다

골치가 아파요. 그제, 어제, 오늘. 계속 고민만 했어요. 둘 중 무얼 선택해야 할까.
답이 안 나와요. 이제 더 이상 망설일 시간도 없는데, 내일이 바로 결정의 날인데.
우유부단한 나. 결단력 부족한 내가 이리도 스스로를 피곤하게 만드네요.

길게 고민하고 짧게 결정한 다음, 절대 돌아보지 말기!

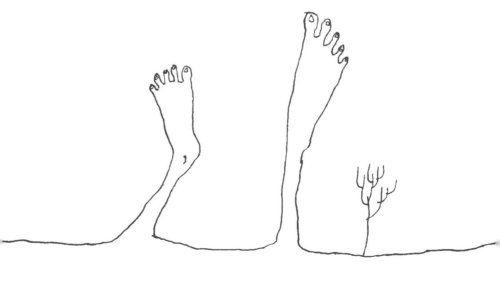

열,

꿈은···
말하는 것이 아니다

상상만으로
그냥 미소 머금어지는 것이다

스포츠로 배우는 처세술 한판

세계육상선수권대회, 육상 10,000미터 결승전
에티오피아 장거리 스타 게브르셀라시에가
마지막 한 바퀴까지 1위를 유지했으나,
계속 2위로 따라붙던 후배 베케레가 200미터 남긴 지점에서
아껴두었던 체력으로 스퍼트, 결국 선배를 제치고 금메달 획득

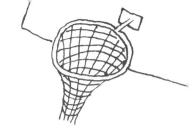

1등 하고 있을 때는,

그게 진짜 1등인지,
2등인 척하는 인간의 바람막이를 하고 있는 건지,
필히 확인할 것!

제 자신이 자꾸만 미워지네요. 이용만 당하는 스스로가 바보 같아요. 이런 것도 소중한
경험일까요. 경험한 셈 치자 하기엔 너무 씁쓸하네요. 주변에 좋은 사람들만 있었으면.

좋은 사람만 남기려면 안 좋은 사람 거르는 과정을 피할 수 없지요. 별사탕을 나중에 먹는
거랑 같아요.

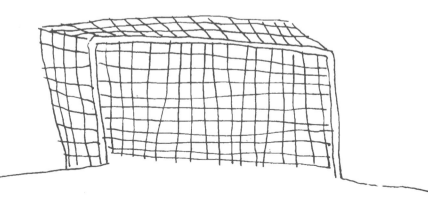

우리는 언제나 죽을 수 있다

지하철을 타고 있다가 불에 타 죽을 수도 있고
회사에서 일하다가 비행기에 부딪혀서 죽을 수도 있다

곰곰 따져보면
선사시대라고 해서 다를 것은 없었다
나들이 한번 잘못했다가,
세이스모사우루스 같은 헤비급 공룡에 밟혀 죽을 수도 있고
거대 익룡이 실수로 떨어뜨린 똥에 깔려서 죽을 수도 있는 거지

예나 지금이나 자신할 수 없는 목숨이다
100명 넘게 죽었으니, 로또 1등보다 훨씬 높은 확률

로또 당첨되면 뭐할까 고민하는 것보다는,
지하철에 탔다가 불이 나서 병원에 이송되면 유언을 어떻게 할까
고민하는 것이 훨씬 현실적인 준비 아닌가?

멋지게 사는 만큼
멋지게 죽을 준비도 함께 할 것

알잖아?
죽음이 끝이 아닌 거

저… 자살을 하면 정말 지옥에 가는 걸까요? 살고 싶지가 않아요. 하늘에 가서 좋은
일 많이 한다고 해도, 그래도 정답은 지옥일까요? 그 한심하고 한심하게 느껴지던
질문이 제 입에서 나오고 있네요. 그래도 너무너무 궁금합니다.

그 대답을 쉽게 했던 과거가 부끄럽습니다. 솔직히 잘 모르겠습니다만 죽을 용기란
무지 큰 것일 텐데, 그 용기면 못할 게 무엇이겠습니까?

살다 보면, 해야 할 일이 있고, 하지 말아야 할 일이 있다
좀 더 뭉클한 표현으로 바꾸면,
'했어야 옳을 일'과 '하지 말았어야 옳은 일'

비즈니스를 하다 보니, 의뢰가 들어오면 고민하게 된다
이것이 해야 옳은 일인가, 그렇지 않은가

요즘 나를 완전히 늪으로 몰아버린 일이 하나 있다
전형적인 '하지 말았어야 옳은 일'

그러나 이 프로젝트를 통해
'하지 말았어야 옳은 일'에 대한 분명한 기준이 섰으니,
그리 슬플 것만은 아니다
라고 말하면서도, 속으로는 계속 열받는다

수업료 너무 비싸잖아

그러나 이 모든 것은, 남이 아니라
나의 책임인 것이다
오늘의 이 엄청난 시간과 금전의 손해
는, 결코 잊히지 않기 바란다

끊임없이 떠올라서,
나를 정신 차리게 만들어주
기 바란다

출근길에 키티 가방을 매고 등교하는 조그마한 여자아이 둘을 보았어요. 어찌나 그립
고 부럽던지! 문득 이십 년을 훌쩍 건너버린 느낌이었어요.

그 나이의 여자아이들에게도 나름의 고민이 있을 거예요. 어떻게 해야 고무줄을 잘할
수 있을까, 아이스께끼 하는 남자애들을 어떻게 피할까 같은. 그리고 그 고민은 우리들
못지않은 무게일거구요. 그러니까, 지금 우리들의 고민도, 나중에는… 언젠가는….

일로 광화문에 갔다가, 지하도에서 작은 토끼를 팔고 있는 걸 봤다
한참을 지나쳐 걸어가다가 문득,
예전에 후배 녀석 하나가 당시 유행하던 '안 크는 토끼'를 사 온 것이 기억났다
그때 녀석이 들려준 '안 웃긴 얘기'까지도…

형, 제가 이거 판 아줌마한테 물어봤거든요
이거 정말 안 크는 거 맞냐구…
그랬더니 글쎄 그 아줌마가 만약에 크면 다시 가져오래요
작은 거랑 바꿔준다고…

어쩌면, 많은 경우 우리들은 이 아줌마 같은 관점으로 사람을,
사랑을 대하는 게 아닌가 하는 생각이 든다

사랑은, 이를테면 돈을 주고 토끼를 데려온 그 순간부터 '끝까지' 책임지는 것이다
토끼가 늙고, 살지고, 병들고, 죽는,
그 순간순간을 포기하지 않고 함께 해주는 거다

연말에다 날씨도 추워서 그런지, 개나 소나 사랑을 씨부리는데,
가끔 아구창을 날려버리고 싶은 순간이 있다

사랑은
입으로 하는 게 아니다

곳곳에 꽃들이 많이 피었더라구요. 우리가 많은 일을 겪는 동안에도 꽃은 혼자
서 피어날 준비를 했나 봐요. 친한 동생이 여자친구에게 완전 차였다면서 엉엉
울며 왔어요. 하지만 그 꼬맹이한테 아무런 말도 하지 못했네요. 이상하게 전
위로를 못하겠어요. 감정을 논리적으로 정리한다는 것이. 이상한 사람이죠. 근
데도 나한테 위로받겠다고 오다니, 이게 어른이 되어야 할 이유인가 봐요.

대부분의 상처는 들어주지 않아서 생기더라구요. 그러니, 들어주는 것이 가장
큰 위로 아니겠습니까? 훌륭한 위로 하신 겁니다, 이미.

Faith, Hope and Love
믿음 소망 사랑

성경에 나오는 이 세 가지 단어의 순서는 기가 막힌 거다

faith가 없이는
hope가 성장하기 어렵고,
hope가 없이는
love가 견고하기 어렵거든

hope가 부족한 사람은
자신의 faith를,
love가 부족한 사람은
자신의 hope를 체크해보면 답이 나오겠지

faith가 부족한 사람은 어쩌냐구?
그건 답이 없지
faith는 그냥 가지는 거니까,
못 가지는 사람이 바보지 뭐

세상에는 의외로 공짜를 부담스러워하는 사람들이 많더라고
정작 진짜 멋진 건 전부 공짠데 말이지

아이들의 웃음은 누구도 흉내 낼 수 없죠, 아무 걱정 없는 웃음. 강아지도 늘
즐겁잖아요. 둘의 공통점을 생각해봤어요. 과거에 얽매이지 않는다. 내일 일
을 염려하지 않는다. 남과 자신을 비교하지 않는다. 현재를 충분히 만끽한다.

아이처럼 강아지처럼 살았으면 좋겠습니다. 정말.

밤에 익숙해지고 있다
그리 유익한 일은 아니지만, 필요한 일이다

밤이 오면, 진짜 나와 만나기 좋거든
naked myself

떠나는 것은 정말이지 묘한 짓이다
붙잡아주기 바라는 마음이 아예 없다고는 볼 수 없거든

냉큼 잘 가, 그랬어 봐
얼마나 섭섭했겠어

누군가에게 마냥 위로받고 싶은 밤입니다. 하루하루가 너무 힘들고 고통스럽습니다.
이리저리 실컷 투정 부리고는 있는데, 이렇게 힘들 때는 어떻게 하시나요?

저는 힘들면 안 힘든 척 합니다. 진짜로 안 힘들 때까지.

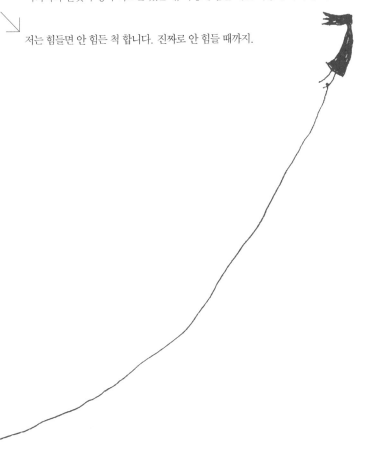

요컨대 인생의 포인트는
어떤 일이나 상황 앞에서, 어떤 자세를 잡았느냐에 대한 문제인 것이다
세계관, 사상, 가치관
사실은, 그거 모두 자세를 이르는 말이잖아

내게 주어지는 상황을
어떤 자세로 견뎌내는지
누군가 지켜보면서 점수를 매기고 있을 거야
안 그러면, 열심히 사는 당신, 억울하지 않겠어?

자, 응용!
사랑이 뭐냐구?

그 역시 자세인 거야
내가 이 사람을 꼭 껴안고 있겠다고 작정하는 거지
감정은 변해
주름살은 늘어날 거고, 엉덩이는 처질 거구, 실수로 트림이 샐지도 몰라
사랑은, 그럼에도 불구하고 꼭 껴안고 있는 거야
자세를 바꾸지 않는 거야

누가 물어보네
사람 마음이 변할 수 있냐고

당연히 바뀌지
근데 자세는 잘 안 바뀌거든
자세를 바꾸게 되면, 처음부터 다시 시작해야 한단 말이지
자세가 좋은 사람을 만나
자기 자세를 교정하는 게 빠를 수도 있고

있잖아…
자세를 확인하는 연말 되자구
나부터 말이지

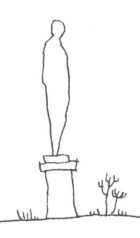

몇 년을 두고 한 사람만 가슴에 품어왔었는데, 그런 그녀가 저 말고 다른 누군가가 좋아지기 시작했다네요. 가지 말라고 내가 여기 있다고 붙잡아야 하는 건지, 이대로 계속 묻어야 하는 건지. 하루 만에 다 헝클어진 제 마음은 어떡해야 할까요?

남의 마음은 바꾸기 힘듭니다. 자기 마음은 더 바꾸기 힘들구요. 이게 싫으면 사랑 안 하면 됩니다. 위로는 주위에서 많이 들으실 것 같아 좀 다른 격려를 드립니다. 그래도 하세요.

남에게 상처 주는 일을 굉장히 매끄럽게 해내는 인간들이 있다
그렇다면 그와 엮이는 사람들은
끊임없이 상처받아야만 하는 걸까?

누구라도, 그런 인간과 엮이기 싫겠지만,
어쩔 수 없이 엮이는 상황이란 게 있는 거지
곤란하다 정말

물론 가장 예쁜 모양은, 그를 참아주고 받아줘서,
혹은 마늘이랑 쑥으로 범벅을 만들든지 해서
정상적인 인간이 될 수 있도록 도와주는 거겠지만, 시간이 없거든
사실 없는 게 아니라, 아깝단 말이야

그 시간에 우리는,
에이즈 치료제를 개발할 수도 있고,
사랑하는 사람에게 노래를 불러줄 수도 있단 말이지

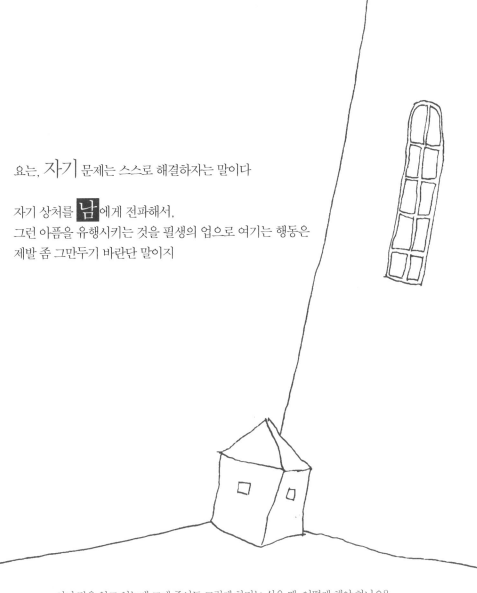

요는, 자기 문제는 스스로 해결하자는 말이다

자기 상처를 남에게 전파해서,
그런 아픔을 유행시키는 것을 필생의 업으로 여기는 행동은
제발 좀 그만두기 바란단 말이지

이미 답을 알고 있는데 그게 죽어도 그렇게 하기는 싫을 땐, 어떻게 해야 하나요?
정답이 아니라서일까요?

죽어도 하기 싫나요? 그렇다면 정답일 가능성이 매우 큽니다.

얼마 전 45개짜리 네팔의 탄트라 토템을 선물로 받았다
빤한 얘길 줄 알고 묻어뒀다가 오늘 마침 비도 오기에 살짝 읽어보았다
아니나 다를까, 빤한 얘기였는데
재미있는 구절이 있어 몇 개만 옮겨본다

11. 남을 평가할 때는 친척들을 기준으로 그를 평가하지 마라
15. 어머니에게 전화를 드려라
28. 신을 믿어라. 하지만 차는 잠그고 다녀라
37. 당신과 키스할 때 눈을 뜨고 있는 그 (혹은 그녀)는 믿지 마라
41. 규칙을 배우고 나서, 그중 몇을 위반하라
45. 사랑과 요리에는 무모하게 몸을 내던져라

받은 지 96분 이내에
다섯 명의 사람에게 전하지 않으면 헛방이라는데,
받은 지 96시간도 훨씬 지나서야
읽기 시작한 나는 뭔가?

빤한 내용이지만 몇은 재치가 넘친다
특히 37번,
담부터 키스할 때는 눈을 감도록 하자,
우리 모두

사랑해서, 그 사람을 너무 사랑해서 포기한다는 말, 믿어도 될까요? 절대적인 건 없겠지만 포기는 더 익숙하지 않아서요. 특히 감정에 있어서는 더욱. 사랑해서 포기한다는 말로 애써 포장이라도 하고 싶네요.

사랑해서 포기한다는 말. 시작하기 전이라면 그럴 수 있지만 시작한 다음이라면 그럴 수 없다고 생각합니다, 절대.

몸이 좋지 않은 건 오랜만이다
타고난 체력에 운동도 하는 터라, 몸은 어쨌거나 버텨줄 것 같았는데,
마음이 오래 상하니까 몸도 어쩔 수 없구나

침대에서 뒤척거리며 누군가를 원망했다가 다시 감사했다가
결국에는 잠이 들었다
내 인생, 잠들었다가 깼다가 결국에는 아주 긴 잠으로 끝나겠지

그 긴 잠이 끝난 다음 시작될 시간들을 상상하며,
지금을 버텨내야 하는 거겠지

전부터 이 얘긴 꼭 하고 싶었는데, 계속 이렇게 쓰시는 것 같아 살짝 적습니다. '오랫만' 이 아니라 '오랜만' 이예요. 새하얀 이에 **고추가루**가 낀 거 같아서.

'오랫만' 도 국어사전에 나오기는 하네요.
오랫만[명사] '오랜만' 의 잘못.
좀처럼 고쳐지지 않는 단어, 좀처럼 고쳐지지 않는 습관, 다 고치고 새해를 맞아야겠
어요. 감사합니다.

'이예요' 가 아니라 '이에요', '고추가루' 가 아니라 '고춧가루', 또 그냥 지나치지 못하
고 살짝 적어봅니다.   by 에디터

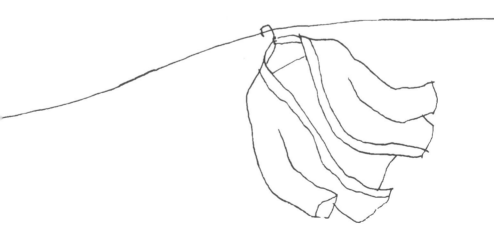

커피 물 끓는 소리…
최근에도 커피를 끓인 적은 많지만,
그 소리를 이렇게 뚜렷하게 의식하는 것은 정말 오랜만인 듯하다

그동안 내가 흘려버렸던 소리,
얼마나 많았을까?

억지로 다니던 회사를 그만두고 조금의 휴식기를 가진 뒤 이직하려고 하는데 정규직이 아닌 계약직으로 고용되었어요. 어떻게 할지 고민입니다. 조금 더 기다려서 보기 드문 정규직을 알아봐야 할까요? 마음을 못 정하겠어요.

정규직과 계약직은, 저쪽에서 하는 분류잖아요. 선택하는 사람이 분류도 해야죠. 오래 할 일, 잠깐 할 일, 즐거운 일, 즐거운 일을 하기 위해 준비하는 일, 뭐 이런 식으로요.

광고 회사로 돌아갈지
미국에서 일하게 될지
당분간 백수 생활을 즐길지
누구도 알 수 없는 일이지만

이 순간 내게 가장 중요한 것은,
물 끓는 소리에 귀 기울이는 일이다

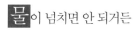이 넘치면 안 되거든

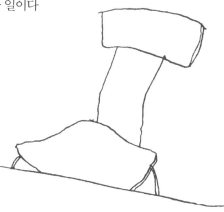

눈이 녹으면 뭐가 되냐고
선생님이 물으셨다

다들 물이 된다고 했다

소년은 봄이 된다고 했다

겨울을 이야기할 때 늘 봄을 같이 놓으시네요. 결국엔 늘 봄이고 싶으신가 봐요. 슬픔은 습진이라 하셨죠. 긁으면 시원하지만 나중엔 더 쓰라린 상처만 남는 것, 결국에는 무조건 나와야 하는 것이라고. 아무리 생각해도 맞아요. 결국 봄이 이기는 게임 같아요. 겨울이 봄을 누를 수는 없지요. 행복해지려는 사람은 누구나, 가슴에 봄을 품어야 하나 봐요.

저처럼 연약한 소년일수록 봄을 품어야 겨울을 날 수 있는 것 같습니다.

Walkslow's Poem

기다림

기다림이란
아무것도 하지 않는다
는 말이
아니다

가장
많이 하는 것이다

에필로그

인생이란 게 참 재미있다.

새 책을 쓰려고 그렇게 아등바등거려도 안 되더니
별안간 개정판이 나온단다.

'아등바등'과 '별안간' 사이에
인생의 비밀이 숨어 있는 것 같다.

멋진 척 다시 쓰면
내 욕망이 찌그러진 그 자리에 은혜가 나타난다는 얘기다.

천천히 걷는다는 건
어쩌면 이런 의미가 아닐까.

애초부터 아등바등을 버리고
은혜를 기다리며 천천히 바르게 걸어가는 것.

그러니, 웍슬로 베이비!

당신만 바라보며 천천히 걷는다

개정판 1쇄 찍음 2014년 11월 10일
개정판 1쇄 펴냄 2014년 11월 20일

지은이 | 윤선민
펴낸이 | 김정호
펴낸곳 | 북스코프

편   집 | 이경주
마 케 팅 | 최금순 · 권선정
제   작 | 박정은
디 자 인 | design_Moa

illustration ⓒ 김홍
photo ⓒ 이경주

출판등록 2006년 11월 23일(제2-4510호)
413-120 경기도 파주시 회동길 445-3
전화 031-955-9517(편집) | 031-955-9514(주문)
팩스 031-955-9519
전자우편 book@acanet.co.kr

ISBN 978-89-97296-44-6 03810

이 도서의 국립중앙도서관 출판예정도서목록(CIP)은
서지정보유통지원시스템 홈페이지(http://seoji.nl.go.kr)와
국가자료공동목록시스템(http://www.nl.go.kr/kolisnet)에서 이용하실 수 있습니다.
(CIP제어번호: CIP2014032311)